Chères lectrices,

Quoi de mieux
pour profiter de ce
choisi pour vous
sont si craquants,
Lisa, Iona et Tess, vous ne manquerez pas de vous attacher à eux…

Le premier, *L'amant de Tolède* (N° 2221), que Jillian rencontre lors d'un voyage en Espagne, possède une personnalité déroutante aux yeux de la jeune femme, qui est son exact opposé. Saura-t-elle entretenir leur merveilleuse complicité, une fois l'été terminé ?

La princesse des sables (N° 2222), prénommée Lisa, se retrouve elle aussi transportée bien loin de son univers quotidien : dans une oasis perdue en plein désert, sur les terres du très puissant cheikh Tuareg al Shaldor, un homme qui, malgré ses manières de macho, l'attire irrésistiblement…

Quant à la rencontre de Daniel et d'Iona, héros de *La surprise du bonheur* (N° 2223), elle tient du conte de fées. En effet, le riche architecte se sent prêt à remuer des montagnes pour cette future maman célibataire qu'il recueille chez lui… sans rien espérer en retour ?

Enfin, le dernier ouvrage de cette sélection de printemps vous révélera le secret de Tess, prête à tout *Pour l'amour d'un cow-boy* (N° 2224) qui, à son grand désespoir, semble bien décidé à lui résister !

Bonne lecture,

La responsable de collection

Pour l'amour d'un cow-boy

DIANA PALMER

Pour l'amour d'un cow-boy

COLLECTION HORIZON

éditions Harlequin

Cet ouvrage a été publié en langue anglaise
sous le titre :
CALLAGHAN'S BRIDE

Traduction française de
CATHERINE BELMONT

HARLEQUIN®

est une marque déposée du Groupe Harlequin
et Horizon® est une marque déposée d'Harlequin S.A.

83-85, boulevard Vincent-Auriol, 75013 PARIS — Tél. : 01 42 16 63 63

Service Lectrices — Tél. : 01 45 82 47 47
www.harlequin.fr

ISBN 978-2-2808-0844-6 — ISSN 0993-4456

1.

Kitty, le chat de gouttière que Tess Brady avait recueilli au mois de novembre, vint se frotter contre les jambes de la jeune femme en ronronnant et la fit trébucher.

— Tiens, petit glouton ! lui dit-elle après avoir rempli de croquettes au saumon le bol en plastique qu'elle avait sorti de l'un des placards de la cuisine. Régale-toi…

Depuis qu'elle l'avait adopté, Kitty la suivait pas à pas et lui réclamait de la nourriture à longueur de journée comme s'il avait peur d'être abandonné encore une fois et de mourir de faim.

Fille d'un professionnel du rodéo qui avait disputé de nombreux tournois interrégionaux et qui avait été sacré champion des Etats-Unis, elle avait mené une vie tellement vagabonde quand elle était enfant qu'elle n'avait pu avoir aucun animal de compagnie. Mais, dès que son père avait mis un terme à sa carrière sportive et trouvé un emploi stable au Circle H, l'un des plus gros ranchs du Texas, elle avait essayé de rattraper le temps perdu en venant au secours de tous les chiens errants et de tous les oiseaux blessés qui avaient eu la chance de croiser sa route.

Lorsqu'elle avait entendu Kitty miauler à fendre l'âme le lendemain de Thanksgiving et qu'elle l'avait vu grelotter au pied du vieux chêne dont l'épaisse ramure surplombait l'entrée d'un paddock, elle était allée le chercher sous une pluie battante et l'avait rapporté à la maison, au grand désespoir de Léo et de Rey Hart, deux des copropriétaires du Circle H. Le seul des frères Hart à l'avoir défendue avait été Callaghan, le cadet de la famille. Ancien membre des Forces spéciales, il avait pris part à la guerre du Golfe et n'était rentré au pays qu'après la fin des hostilités. Depuis, il dirigeait le conglomérat qu'avaient fondé les Hart au Texas et dans d'autres Etats.

Simon, l'aîné du clan, habitait à San Antonio avec sa femme, Tira. Corrigan, qui avait quatre ans de moins que Simon, avait épousé la charmante Dorie et était à présent l'heureux papa d'un petit garçon. Quant à Callaghan, à Léo et à Rey, ils étaient célibataires et vivaient ensemble au Circle H, le vaste ranch de Jacobsville où ils étaient nés et où ils avaient passé leur enfance. Cray Brady, le père de Tess, avait travaillé pour eux pendant un peu plus de six mois avant d'être foudroyé par une crise cardiaque dans un corral. Comme cette mort brutale avait beaucoup affecté la jeune femme et qu'ils la savaient seule au monde, les frères Hart n'avaient pas eu le cœur de la renvoyer. Au lieu de lui demander de boucler ses valises dès le lendemain des obsèques et d'aller chercher un emploi à Austin ou à Victoria, ils lui avaient proposé de rester à Jacobsville et de remplacer Mme Culbertson, leur vieille gouvernante, qui venait de partir à la retraite.

Tess avait d'autres talents que celui de cordon-bleu — elle était l'une des meilleures cavalières du Texas, maniait le pistolet avec la même dextérité qu'un tireur chevronné et parlait couramment l'espagnol —, mais personne au Circle H ne s'en doutait. Tout ce que Callaghan, Léo et Rey attendaient d'elle, c'était qu'elle leur mitonne de bons petits plats et qu'elle leur serve les délicieuses viennoiseries dont ils raffolaient.

En dépit des perpétuelles facéties de Rey et du malin plaisir que prenait Léo à la taquiner, elle se serait félicitée d'avoir accepté l'offre des frères Hart si elle n'avait pas eu peur de Callaghan. Chaque fois qu'il s'asseyait à la table de la cuisine, il l'étudiait du coin de l'œil et semblait déçu de ne la voir commettre aucune erreur.

« Je parie qu'il est impatient de se débarrasser de moi et qu'il me flanquera à la porte dès qu'il aura trouvé un prétexte pour me licencier », songeait-elle quand elle croisait son regard d'obsidienne et qu'elle y lisait une inexplicable méfiance.

A l'étrange impassibilité de ses traits, qu'on aurait crus taillés dans du silex, à la ligne dure de sa bouche, qu'effleurait de temps à autre un sourire énigmatique, et à cette façon qu'il avait de se camper, la tête haute et les épaules droites, on devinait qu'il avait l'habitude de dicter sa loi et qu'il pourrait devenir le plus dangereux des ennemis si on avait l'audace de le contrarier.

— Ne vous inquiétez pas, avait dit un soir Léo à Tess. Bien que Cag ait été un combattant hors pair en Irak, il sait se maîtriser et perd rarement son sang-froid. Depuis qu'il est rentré du Moyen-Orient, Rey et moi veillons à ce qu'il se tienne tranquille quand l'un de nos employés se permet une remarque déplacée. Nous l'empêcherons de vous faire du mal.

— Merci, avait-elle répondu. Je vous suis très reconnaissante de vouloir me protéger.

« Mais ce que j'aimerais surtout, avait-elle achevé

en son for intérieur, c'est que vous m'expliquiez pourquoi votre frère me déteste autant. »

Lorsque Léo et Rey avaient décidé d'engager Tess après le décès de son père, Callaghan n'avait émis aucune objection et, chaque fois que ces deux farceurs osaient jouer un mauvais tour à la jeune femme, il les obligeait à s'excuser comme s'il craignait de la voir fondre en larmes et s'enfuir du Circle H. Son hostilité envers elle n'en était donc que plus étonnante.

— Ce matin, quand il est descendu de sa chambre et qu'il s'est mis en colère contre moi parce que j'avais préféré acheter de la gelée de groseille que du beurre de cacahuète, j'ai bien cru que j'allais me retrouver au chômage, murmura-t-elle en regardant Kitty vider son bol de croquettes avec un bel appétit et en lui caressant le museau d'une main affectueuse.

Dès que Callaghan était entré dans la cuisine et qu'il avait aperçu les tartines de confiture qui encerclaient sa tasse de café, il avait reproché à Tess son incompétence et était sorti de la maison sans avoir déjeuné.

— Il va avoir trente-huit ans samedi en quinze et il a peur de vieillir, avait déclaré Léo. C'est pour cela qu'il est d'une humeur de chien, en ce moment.

— L'année dernière, à la même époque, il a disparu pendant toute une semaine, et personne n'a su où il s'était réfugié, avait précisé Rey avant de porter son mazagran à ses lèvres et d'avaler une longue gorgée de moka. Pauvre Cag !

— Pourquoi le plaignez-vous ? avait demandé Tess, étonnée.

— Parce qu'il est le moins sociable de nous trois et que, s'il continue à observer les gens du haut de sa tour d'ivoire, il risque de gâcher sa vie.

Callaghan Hart était effectivement un solitaire. Plutôt que d'accompagner ses frères au cinéma, au théâtre ou au restaurant, il préférait s'enfermer dans la bibliothèque du Circle H et passer ses soirées à lire des livres d'histoire rédigés en espagnol. Tess avait découvert qu'il était bilingue le jour où elle l'avait entendu rappeler à l'ordre deux ouvriers mexicains qui ne parlaient pas un mot d'anglais et qu'il avait surpris en train de se battre à coups de poing avec un autre de ses employés.

Le seul ami de Callaghan était Herman, un python albinos aux yeux injectés de sang et aux écailles dorées qu'il gardait dans sa chambre, au fond d'un gigantesque terrarium dont le serpent avait la fâcheuse manie de s'échapper. Tess, qui avait une peur bleue de Herman malgré son amour pour les animaux, l'avait déjà aperçu dans toutes sortes d'endroits : derrière les doubles-rideaux du living-room, sous la table basse du salon, entre les jambages en pierre ocre de la cheminée et dans le tambour de la machine à laver. Comme son maître le nourrissait copieusement et l'entourait d'affection, il n'était pas très dangereux, mais c'était une force de la nature qu'il valait mieux ne pas provoquer… à moins de vouloir mourir étouffé.

Kitty avait su, lui aussi, se faire aimer de Callaghan. Un matin, en ouvrant la fenêtre de la cuisine, Tess avait vu ce dernier s'amuser avec le chaton et lui lancer une balle en caoutchouc qu'il avait dû dénicher dans l'un des vieux coffres à jouets du grenier. Lorsqu'il se croyait à l'abri des regards indiscrets, le masque impénétrable qu'il se plaisait à revêtir en présence de ses employés cédait la place à une surprenante douceur.

— Drôle de type ! s'exclama Tess après avoir nettoyé et rangé la gamelle de Kitty. Puisqu'il ne s'intéresse qu'aux reptiles et aux félins, il y a peu de chances que je réussisse à l'apprivoiser.

La veille de Noël, Simon, Tira, Corrigan et Dorie vinrent dîner au Circle H, et Tess leur servit en guise de hors-d'œuvre des feuilletés aux écrevisses qui auraient émerveillé le plus fin des gourmets. Quand elle voulut se retirer et aller rejoindre au fond de la cuisine Jane Lewis, la femme de ménage que les Hart avaient engagée à mi-temps, Simon, Corrigan, Léo et Rey protestèrent bruyamment et l'obligèrent à s'asseoir avec eux.

Comparée à Tira, qui était l'élégance incarnée, et à Dorie, dont le fourreau en satin ivoire semblait tout droit sorti de l'atelier d'un grand couturier, Tess se fit l'effet d'une écolière endimanchée qu'on aurait invitée par erreur à la table d'un prince.

« Au lieu de mettre cette horrible jupe plissée et ce chemisier à col Claudine qui me donnent l'air d'une adolescente attardée, j'aurais dû m'acheter une jolie robe et l'étrenner aujourd'hui », se dit-elle, affreusement mal à l'aise.

Mais, comme Léo et Rey, les deux boute-en-train de la famille, rivalisèrent d'humour et ne s'épargnèrent aucun effort pour égayer l'atmosphère, elle se détendit peu à peu et mêla son rire à celui des autres convives sans se soucier des regards réprobateurs que lui décochait Callaghan chaque fois qu'elle tournait la tête dans sa direction.

A la fin du repas, elle offrit à Tira et à Dorie des coussins qu'elle avait elle-même brodés au plumetis et reçut en échange de somptueux cadeaux : un flacon de parfum dont le bouchon facetté étincelait sous les lustres à pendeloques de cristal du living-room, un foulard en mousseline azurée et un superbe manteau en cuir noir avec une large ceinture et des poignets à revers.

Après avoir remercié chaleureusement tous les Hart à l'exception de Callaghan, qui s'était éclipsé avant d'avoir pu goûter à la bûche de Noël, elle escamota les reliefs du dîner à l'aide d'un ramasse-miettes argenté, puis alla déposer dans l'évier de la cuisine les assiettes et les plats qu'elle avait empilés sur une crédence.

A peine avait-elle ouvert le robinet que Léo vint la rejoindre à pas de loup et tira sur les cordons en satin blanc de son tablier.

— Ne vous avisez pas de recommencer, lui lança-t-elle d'une voix grondeuse, ou je vous asperge d'eau glacée.

— Brrr ! s'écria-t-il, un sourire taquin aux lèvres. Rien que d'y penser, j'en ai la chair de poule.

— Au lieu de me faire des farces et de vous payer ma tête, vous devriez imiter votre frère Callaghan, qui n'a pas desserré les dents de la soirée.

— Moi, imiter ce rabat-joie ? Vous plaisantez !

Contrairement à lui, je suis un modèle de courtoisie et je n'aurais jamais osé vous fausser compagnie avant d'avoir savouré votre délicieuse bûche aux marrons.

— Savez-vous où il est allé ?

— Oui. Quand je lui ai demandé pourquoi il était aussi pressé de nous quitter, il m'a dit qu'il avait promis à Mack de l'aider à réparer la clôture d'un corral.

Mack, le responsable du bétail, était l'un des nombreux employés que les Hart avaient dû engager lorsqu'ils avaient acheté de nouvelles terres à l'ouest de Jacobsville. Le Circle H s'était tellement agrandi au fil des ans qu'il fallait sans arrêt recruter de nouveaux spécialistes : des mécaniciens chargés d'entretenir le matériel agricole, des vendeurs habitués à négocier avec les exportateurs de viande et des intendants.

— Est-ce à cause de moi que Callaghan s'est levé de table au beau milieu du repas ? interrogea Tess après avoir posé sur l'égouttoir l'une des assiettes à dessert qu'elle venait de laver.

— Je ne sais pas, marmonna Léo. Il y a déjà des semaines qu'il est à cran, et les choses n'ont pas l'air de vouloir s'arranger.

— Ai-je fait quelque chose qui lui a déplu ?

— Non. Vous n'avez rien à vous reprocher.

Depuis que vous travaillez ici, nous n'avons eu qu'à nous féliciter de vous avoir engagée. Malgré le drame qui vous a frappée, vous êtes la joie de vivre personnifiée et, sans vous, la maison ressemblerait à un mausolée.

— Vous êtes sincère ?

— On ne peut plus sincère. Quand je vous entends chantonner dans la cuisine ou que je vous vois balayer le vestibule en esquissant des pas de danse, j'ai l'impression qu'un rayon de soleil est entré au Circle H et que cette vieille bâtisse a retrouvé son âme.

— Merci de votre gentillesse. Ce que vous me dites me touche énormément.

— Ce n'est pas par gentillesse que je vous raconte tout cela, c'est parce que je ne voudrais pas que vous vous sentiez responsable des sautes d'humeur de Cag. En été et pendant les fêtes de fin d'année, à l'approche de son anniversaire, il n'a pas le cœur à rire.

— Pourquoi ?

— A cause de ce qui lui est arrivé à son retour du Moyen-Orient. Il a participé à l'opération « Tempête du désert » avec les autres membres des Forces spéciales et, au cours de l'une des missions dont on l'avait chargé, il a été blessé.

— Ah bon ? Je l'ignorais.

— Pas étonnant ! Il parle très rarement de ce qu'il a vécu là-bas.

— Où a-t-il été hospitalisé ? Au Koweït ?

— Non. A Berlin. Comme il était dans un état grave, il n'a pas pu être soigné sur place. Il a quitté le golfe Persique à bord d'un avion sanitaire et a dû subir ensuite plusieurs interventions chirurgicales.

— Pendant combien de temps est-il resté en Allemagne ?

— Pendant des semaines et des semaines. Quand il est rentré au Texas après la cessation des hostilités, il a découvert que sa fiancée s'était mariée en son absence, et cela lui a causé un tel choc qu'il a eu du mal à s'en remettre. Au lieu de se dire que cette petite peste ne le méritait pas et de collectionner les aventures, il s'est renfermé en lui-même et a décidé de ne jamais retomber amoureux. Lorsqu'il est obligé d'assister à une réception et que des femmes lui font les yeux doux, c'est à peine s'il s'en aperçoit.

— Croyez-vous que ses blessures finiront un jour par se cicatriser ?

— Non, hélas ! Il a trop souffert pour pouvoir tirer un trait sur le passé et repartir de zéro. Il préfère ruminer son chagrin et sa rancœur que de tourner la page une bonne fois. Aucune des jolies filles de Jacobsville qui ont essayé de le séduire ces dernières années n'a réussi à lui plaire. Vu la façon dont il les a rejetées, certaines d'entre elles doivent encore regretter d'avoir voulu le vamper.

Soulagée de ne pas être la seule à avoir subi les foudres de Callaghan, Tess récura avec un regain d'énergie la casserole qu'elle venait d'empoigner.

— Vous êtes une vraie fée du logis, remarqua Léo d'un air admiratif.

— Oh ! je n'ai pas grand mérite, riposta-t-elle gaiement. Comme mes parents ont divorcé quand j'étais toute petite et que ma mère ne m'a pas donné de ses nouvelles pendant des lustres, il a bien fallu que j'apprenne à faire la cuisine et le ménage.

— Vous n'avez ni frères ni sœurs ?

— Non. Après l'obtention de mon bac, j'aurais aimé poursuivre mes études et décrocher un tas de diplômes, mais mon père avait tellement besoin de moi que je n'ai pas osé m'inscrire à la fac et le quitter. Maintenant qu'il est décédé, je ne regrette pas de l'avoir accompagné à Jacobsville et de m'être occupée de lui. Si je l'avais laissé tomber, je m'en voudrais terriblement à l'heure qu'il est.

Tess frotta ses doigts humides sur son tablier et essuya de l'index les larmes qui lui brûlaient les paupières.

— J'aurais dû me douter qu'il avait le cœur malade et l'obliger à aller consulter un médecin, ajouta-t-elle d'une petite voix hachée. Je n'ai pas été assez vigilante et je ne me pardonnerai jamais de l'avoir…

— Ne vous faites aucun reproche, coupa Léo. Vous n'êtes pas responsable de la mort de Cray. Ni ses collègues ni vous n'auriez pu deviner qu'il était cardiaque et qu'il succomberait à un infarctus. En grandissant, vous vous apercevrez que la plupart des dangers qui nous guettent sont imprévisibles et qu'il est difficile de tout gérer, de tout contrôler.

— En grandissant ! répéta Tess, mi-étonnée, mi-agacée. Vous me prenez pour une gamine ?

— Oui, mais il s'agit d'un compliment, pas d'une insulte. Lorsque je vous regarde virevolter dans la cuisine, j'ai l'impression de n'être qu'un vieux barbon. Quel âge avez-vous, au juste ?

— Vingt et un ans… Et j'en aurai vingt-deux au début du mois de mars.

— Ah ? Je ne vous en aurais donné que dix-huit ou dix-neuf.

— Ce qui prouve que vous n'êtes pas très observateur.

— Cag, lui, sera bientôt quadragénaire.

— Je le sais. Vous me l'avez dit l'autre jour, quand il a failli me lancer à la figure les tartines que je lui avais préparées.

— Malgré son sale caractère, c'est un type formidable. Il a le cœur sur la main et n'hésiterait pas à se mettre en quatre pour aider un ami dans le besoin.

— Encore faudrait-il qu'il en ait, des amis ! S'il est aussi merveilleux que cela, comment expliquez-vous que sa fiancée l'ait quitté ?

— Lorsqu'il est parti en Irak, elle était tellement jeune qu'elle n'a pas eu la patience de l'attendre.

— Avait-il déjà son python à l'époque où il sortait avec elle ?

— Oui, mais il lui avait juré de s'en débarrasser après leur mariage. Il connaît quelqu'un qui élève des albinos et avait prévu de lui confier Herman dès le lendemain de la cérémonie.

— Dommage qu'il ne l'ait pas fait, car j'ai horreur des serpents. Quand j'étais petite, j'ai failli être mordue par un crotale et, depuis, je suis allergique à tout ce qui rampe et qui crache du venin. Chaque fois que je vais mettre un peu d'ordre dans la chambre de votre frère, je rabats le couvercle du terrarium et je regarde ailleurs.

— Cag ne doit pas être content que vous laissiez ce pauvre Herman s'ennuyer à mourir dans sa cage de verre pendant que vous passez l'aspirateur et que vous époussetez les meubles.

— Qu'il soit content ou pas, je m'en moque. Je n'ai pas envie que son monstre aux yeux rouges s'entortille autour de mon cou et m'étouffe.

— Vous avez raison d'être prudente. S'il vous arrivait quoi que ce soit, Cag s'en voudrait à mort.

— Pensez-vous ! Il est tellement impatient de m'envoyer au diable qu'il exploserait de joie.

— Vous le connaissez mal.

— Comment pourrais-je savoir ce qu'il a dans la tête ? J'ai seize ans de moins que lui, et il me fait sans cesse remarquer que nous ne sommes pas de la même génération.

Un sourire espiègle étira les lèvres de Léo.

— Moi, je suis plus jeune que ce bonnet de nuit et je ne demanderais pas mieux que de vous inviter à dîner un de ces soirs, lança-t-il avec désinvolture. Je suis beau, riche, intelligent…

— … et modeste ! compléta Tess, amusée.

— C'est justement ce que j'allais ajouter, répliqua Léo en bombant le torse. Cela vous plairait de m'accompagner au restaurant vendredi prochain ?

— Non, merci. Je suis votre employée et je n'aimerais pas que les gens m'accusent de vouloir vous séduire.

— Pourquoi avez-vous peur du qu'en-dira-t-on ? Les habitants de Jacobsville vous respectent et savent très bien que vous n'êtes pas une dévergondée. Vous avez votre propre chambre sous les combles, et personne ne vous a encore vue faire du charme à mes frères ni à aucun des cow-boys du Circle H.

— Je préfère quand même être prudente et ne pas m'afficher avec vous.

— Tant pis ! s'exclama Léo, beau joueur. J'aurais été ravi de vous offrir à dîner, mais, puisque vous craignez les commérages, je n'insisterai pas.

— Simon, Tira, Corrigan et Dorie sont-ils encore là ? interrogea Tess, pressée de changer de conversation.

— Non. Ils se sont levés de table au moment même où vous avez quitté le living-room. Quant à Rey, il est parti rendre visite à l'un de ses anciens copains de classe qui possède un ranch au nord du Texas et qui est venu réveillonner chez ses parents, à Jacobsville. Lorsque Cag se décidera à rentrer, pourrez-vous m'apporter deux tasses de moka dans la bibliothèque ? Ce bourreau de travail m'a demandé de l'aider à vérifier nos livres de comptes et, s'il faut que je passe la nuit à dresser des bilans, je vais avoir besoin d'une double dose de caféine.

— Entendu. Je vous servirai dès que votre frère sera de retour.

— Et ensuite, que ferez-vous ?

— Je ne sais pas. C'est la première fois de ma vie que je me retrouve seule à Noël.

— Au lieu de monter vous coucher, vous n'aurez qu'à aller regarder un film à la télé. Il y a plein de cassettes dans le meuble vidéo du salon, et cela m'étonnerait qu'aucune d'elles ne vous plaise.

— Merci du conseil. Quand j'aurai fini de laver la vaisselle et de ranger la cuisine, j'irai allumer le magnétoscope et je choisirai un bon vieux western.

Léo sourit à Tess, puis regagna le vestibule d'une démarche nonchalante.

— Si vous n'aviez pas peur des ragots, avec qui préféreriez-vous dîner en tête à tête ? demanda-t-il à la jeune femme. Avec Cag ou avec moi ?

— Avec un gentleman, riposta-t-elle malicieusement. Comme ni lui ni vous n'en êtes un, il n’y a aucune chance que je vous accompagne au restaurant.

Le samedi suivant, Tess décida de confectionner un magnifique gâteau au chocolat pour Callaghan.

— Malgré ce que m’ont raconté Léo et Rey l’autre jour, je parie que cet insupportable ronchon me sera reconnaissant de ne pas avoir oublié son anniversaire, dit-elle à Kitty, qui la regardait s’activer autour du plan de travail et qui dévorait des yeux la poche à douille remplie de crème fouettée qu’elle tenait à la main.

Après avoir planté trente-huit petites bougies torsadées dans la génoise et enfilé le joli manteau de cuir qu’on lui avait offert à Noël, elle alla déposer dans la boîte aux lettres du ranch la dizaine d’enveloppes que lui avait confiées l’assistant personnel de Léo, puis regagna le hall d’un pas vif.

Comme une vague de froid s’était abattue sur le Texas au cours de la semaine, tous les employés du Circle H étaient occupés à rentrer le bétail et à vérifier les chauffe-eau dont étaient équipés les abreuvoirs des étables.

— Préparez-nous de gros sandwichs, avait intimé Rey à Tess au début de la matinée. Mes frères et moi resterons dehors jusqu'à la tombée de la nuit et nous aurons besoin de reprendre des forces à midi.

Se croyant seule dans la maison, la jeune femme traversa le vestibule à la suite de Kitty… et s'immobilisa sur le seuil de la cuisine, les yeux agrandis d'effroi. Le superbe gâteau qu'elle avait mis deux heures à confectionner gisait au pied du vaisselier, et les portes du meuble étaient maculées de chocolat.

— Qui vous a demandé de me souhaiter un bon anniversaire ? l'interrogea Callaghan d'un ton menaçant.

— Per… personne, bredouilla-t-elle, terrorisée. Léo et Rey m'ont dit que vous auriez trente-huit ans aujourd'hui, et j'ai eu envie de marquer le coup.

— Ils ne vous ont pas prévenue que j'avais une sainte horreur des fêtes et des cadeaux ?

— Si, mais j'ai cru qu'ils avaient exagéré et que cela vous plairait de goûter à ma génoise.

— Au lieu de perdre votre temps à faire de la pâtisserie, vous auriez dû aller acheter du beurre de cacahuète au centre-ville. Il y a plus d'une semaine que je vous en réclame, et j'en ai assez de patienter.

— Navrée, je… j'ignorais que vous détestiez la gelée de groseille.

— Ce n'est pas la gelée de groseille que je déteste, c'est cette fichue manie que vous avez de me tenir tête. J'ai beau vous répéter chaque matin que vos tartines de confiture me donnent la nausée, vous vous en moquez comme de l'an quarante. Pour qui vous prenez-vous ? Pour la maîtresse de maison ?

Pétrifiée dans l'embrasure de la porte, incapable d'articuler un seul mot, Tess regarda Callaghan écraser d'un coup de talon rageur deux des bougies qui s'étaient éparpillées sur le linoléum et serra ses mains tremblantes l'une contre l'autre.

— Pourrais-tu m'aider, Cag ? J'ai besoin de…

Rey, qui venait d'enfiler le vestibule, suspendit sa phrase et contempla, effaré, les morceaux de génoise que son frère piétinait du bout de ses santiags.

— Arrête, Cag ! ordonna-t-il en s'approchant de Tess et en lui entourant les épaules d'un bras protecteur. Tu ne vois pas que cette pauvre petite est terrorisée ? Elle est tellement pâle que, si tu ne te calmes pas, elle va finir par s'évanouir.

Callaghan balaya des yeux les joues blêmes de

la jeune femme et sembla reprendre brutalement contact avec la réalité.

— Sais-tu où se trouve le document que me réclament les employés de l'abattoir ? lui demanda Rey. Cela fait une demi-heure que je le cherche, mais je n'ai pas réussi à mettre la main dessus.

— Je l'ai rangé dans l'un des tiroirs de mon bureau, grommela Callaghan avant de pivoter tout d'un bloc sur lui-même, à la manière d'un soldat, et de se diriger vers la bibliothèque au pas cadencé.

— Merci d'avoir volé à mon secours, dit Tess à Rey dès qu'elle eut recouvré l'usage de la parole. A un moment, j'ai cru que votre frère allait me sauter à la gorge et m'étrangler.

— Estimez-vous heureuse de ne pas avoir reçu votre génoise en pleine figure, riposta-t-il tranquillement. Le vieux Charlie Greer, qui venait aider Mme Culbertson à cuisiner autrefois, a été moins chanceux que vous.

— Que lui est-il arrivé ?

— Il avait confectionné un énorme croquembouche pour l'anniversaire de Cag et, quand celui-ci a aperçu la pièce montée, il est entré dans une telle colère qu'il a bombardé de choux à la crème le pauvre Charlie.

— Pourquoi a-t-il fait cela ?

— Personne n'en a la moindre idée, à part Simon. Comme Cag et lui sont plus âgés que Corrigan, Léo et moi, ils savent des choses que nous ignorons.

— Des choses concernant vos parents ?

— Oui. Ils n'avaient rien du couple idéal, et leur conduite a dû dégoûter Cag du mariage.

— Si c'était le cas, il ne se serait pas fiancé et n'aurait pas autant souffert à son retour d'Irak.

— Je ne suis pas certain qu'il ait réellement voulu fonder un foyer. La fille dont il se croyait amoureux était la plus jolie du comté, et ce qu'il éprouvait à son égard n'était qu'une banale attirance physique. Quand j'ai appris qu'elle avait épousé un autre homme, j'ai été soulagé, car je n'aurais pas aimé avoir une belle-sœur dans son genre.

Tess déboutonna son manteau et le suspendit à une patère.

— Callaghan a peut-être de bonnes raisons de s'énerver parfois, mais cela ne l'autorise pas à martyriser ses employés, dit-elle à Rey. Comme il me déteste et que je ne tiens pas à devenir sa tête de Turc, je vais quitter le Circle H dès aujourd'hui et aller chercher du travail à Victoria.

— Non, restez, je vous en supplie. Cag est

moins violent que vous ne l'imaginez. Quoi que vous fassiez, il n'oserait pas vous frapper.

— Ce n'est pas l'impression que j'ai eue lorsque je suis entrée dans la cuisine et que je l'ai vu se retourner vers moi. Si je lui avais reproché d'avoir jeté ma génoise au pied du vaisselier, Dieu sait ce qu'il aurait fait.

— Vous vous trompez. Il serait incapable de lever la main sur une femme… Incapable, je vous le jure.

Trop effrayée et trop irritée pour se laisser convaincre, Tess se dirigea vers l'escalier d'un pas résolu et gravit les marches quatre à quatre.

— Il est normal que vous défendiez votre frère, lança-t-elle à Rey, mais rien de ce que vous me direz ne pourra m'empêcher de démissionner. J'aimerais encore mieux me casser les deux jambes que de continuer à travailler pour un cinglé qui a failli me frapper à cause d'un simple gâteau !

2.

Laissant Tess seule dans la maison, Rey alla retrouver Callaghan à l'entrée du corral où les bêtes qu'ils avaient décidé d'éliminer de leur troupeau — des vaches trop vieilles pour avoir des petits, des génisses de deux ans souffrant de malformations et de jeunes bœufs destinés à la boucherie — avaient été regroupées autour des camions de l'abattoir et des bétaillères du Circle H. A cause de la sécheresse qui avait sévi tout au long de l'été, les récoltes de céréales avaient été désastreuses et, vu le prix exorbitant du fourrage, il aurait été déraisonnable de ne vendre les bouvillons qu'en février ou en mars.

— Tess est en train de faire ses valises, annonça Rey à Callaghan dès qu'il l'eut rejoint au bord de la piste creusée de fondrières qui encerclait la prairie.

— Bon débarras ! grommela son frère, les mâchoires contractées. Léo et toi l'aviez prévenue que je détestais les anniversaires. Alors, qu'est-ce qui lui a pris de m'offrir un gâteau avec des bougies ?

— Nous lui avions effectivement dit que tu n'aimais ni les fêtes ni les cadeaux et que ce samedi serait un jour à rayer du calendrier, mais elle a dû s'imaginer que nous avions noirci le tableau. Comment aurait-elle pu deviner que, si elle enfreignait la règle, tu la menacerais de mort ?

— A aucun moment, je ne l'ai menacée de quoi que ce soit. Je lui ai reproché d'avoir perdu son temps à confectionner cette horrible génoise au chocolat. Un point, c'est tout.

— A en juger par l'état dans lequel elle était quand je suis arrivé, je doute que tu y aies mis les formes. La pauvre petite tremblait de la tête aux pieds et paraissait au bord de la syncope.

— Rien d'étonnant à cela ! Il suffit qu'on hausse le ton pour qu'elle tourne de l'œil.

— Après ce qu'elle a vécu ces dernières semaines, il est normal qu'elle soit fragile. Depuis le décès de son père, elle est seule au monde et elle a besoin de notre amitié.

— Inutile de me rappeler qu'elle n'a personne d'autre que nous sur qui compter ! Je le sais, figure-toi.

— A voir la manière dont tu l'as rabrouée, on ne le dirait pas. Si tu la laisses partir, elle va aller chercher du travail ailleurs, et il est peu probable qu'elle en trouve en cette saison. Tous les propriétaires de ranch que je connais ont déjà une cuisinière et aucun des restaurateurs du comté n'a l'intention d'embaucher avant le printemps.

Le regard indéchiffrable, Callaghan souleva le Stetson en cuir fauve dont il s'était coiffé au début de la matinée, puis tira un mouchoir de sa poche et épongea son front baigné de sueur.

— Pourquoi transpires-tu à grosses gouttes ? lui demanda Rey. Parce que tu as honte de t'être énervé et d'avoir terrorisé Tess ?

— Non, bougonna-t-il. Parce que j'ai aidé Mack à regrouper les bœufs et que ces sales bêtes nous ont donné du fil à retordre.

— Mon œil !

— Vous faites une de ces mines, tous les deux ! déclara Léo en s'approchant de ses frères, un lasso à la main. Que se passe-t-il ?

— Tess avait confectionné un superbe gâteau au chocolat et, comme Cag n'a rien trouvé de mieux que de le jeter par terre, elle a décidé de quitter le Circle H avec armes et bagages, répondit Rey.

— Je la comprends. Depuis que nous l'avons embauchée, nous n'arrêtons pas de lui jouer des mauvais tours, et elle doit croire que nous sommes fous à lier.

— Ce n'est pas pour la taquiner que Cag a lancé sa génoise contre le vaisselier, mais pour la punir d'avoir voulu lui souhaiter un joyeux anniversaire.

— Ah ! j'aurais dû m'en douter…

— Quand je suis arrivé, la pauvre gamine était tellement effrayée qu'elle a failli s'évanouir à mes pieds.

— Allons la réconforter et empêchons-la de partir.

— Non, cela ne servirait à rien. Si tu l'avais vue monter l'escalier à toute vitesse et s'engouffrer dans sa chambre, tu saurais qu'il est inutile de chercher à la retenir. Plus tôt elle s'éloignera de Cag, mieux elle se portera.

Pendant que Léo et Rey faisaient grimper une dizaine de jeunes bœufs à l'arrière d'un fourgon, Callaghan recoiffa son Stetson, l'air penaud, et regagna la maison d'un pas réticent.

Après avoir vidé ses placards et empilé au fond d'un gros sac de voyage les chemisiers, les T-shirts et les pull-overs qu'elle avait étalés sur son lit, Tess glissa dans l'une de ses valises la boucle de ceinturon que son père avait gagnée lors d'un championnat de rodéo et dont elle ne s'était jamais séparée.

— J'espère que je vais trouver du travail à Victoria, murmura-t-elle en balayant tristement des yeux la petite mansarde aux cloisons tapissées de papier peint fleuri qu'elle avait considérée à tort comme son seul refuge.

Le regard noyé de larmes, elle sortit de sa penderie le duffel-coat en tweed défraîchi qu'elle s'était acheté quatre ans plus tôt et l'enfila avec des gestes d'automate.

— Vous êtes chez vous ici, marmonna Callaghan, dont la haute silhouette venait de s'encadrer dans l'embrasure de la porte. Si vous partez maintenant, où dormirez-vous la nuit prochaine ?

— A l'Armée du Salut, répondit-elle avant de s'élancer vers le rocking-chair qui oscillait au fond de sa chambre et de se faufiler craintivement derrière le dossier. Quand mon père et moi n'avions pas assez d'argent pour descendre à l'hôtel, nous y étions toujours bien accueillis.

— A l'Armée du Salut ! répéta Callaghan, suffoqué. Vous êtes sérieuse ?

— Très sérieuse. Il y a un foyer à Victoria, et je suis certaine que la directrice sera ravie de m'héberger. Pourriez-vous demander à l'un de vos employés de m'y conduire ?

— Non. Il est hors de question que...

— Aucune importance ! coupa Tess. Je ferai du stop.

— Comme tous les habitants de Jacobsville doivent être en train de s'occuper de leur bétail, vous aurez du mal à trouver un chauffeur.

— Dans ce cas, j'irai en ville à pied.

— Avec une valise dans chaque main et votre gros sac de voyage sur le dos ? Vous n'y songez pas !

Callaghan effleura des yeux le duffel-coat qu'avait revêtu Tess et haussa un sourcil étonné.

— Où avez-vous mis le joli manteau en cuir que mes frères et mes belles-sœurs vous avaient offert à Noël ? l'interrogea-t-il.

— Je l'ai laissé au rez-de-chaussée, répondit-elle en redressant fièrement la tête. Vous m'avez engagée parce que vous aviez pitié de moi, mais je ne veux ni de vos cadeaux ni de votre compassion.

— Ce n'est pas parce que nous avions pitié de vous que nous vous avons prise à notre service après la mort de votre père, mais parce que Mme Culbertson était partie à la retraite et que nous avions besoin d'une cuisinière.

— Dès ce soir, il faudra que vous en cherchiez une autre, car je vous rends mon tablier.

— Y a-t-il une chance que vous reveniez sur votre décision ?

— Aucune. Même si vous me proposiez de doubler mon salaire jusqu'à ce que vous m'ayez trouvé une remplaçante, je refuserais de rester au Circle H.

Tess saisit la bandoulière de son sac de voyage, puis souleva ses deux valises et se dirigea vers l'entrée de la mansarde, mais, immobile dans l'encadrement de la porte, Callaghan l'empêcha de sortir.

— Pourriez-vous vous écarter ? le pria-t-elle avec une politesse guindée.

— Non, jeta-t-il d'une voix brève. Pas avant que vous ne m'ayez écouté.

— De quoi voulez-vous me parler ?

— De la raison pour laquelle je me suis fâché contre vous tout à l'heure. Lorsque je suis arrivé dans la cuisine et que j'ai aperçu votre génoise, cela m'a rappelé la terrible scène que m'avait faite ma mère le jour de mon sixième anniversaire. Ce matin-là, je lui avais demandé de confectionner un gros gâteau au chocolat, et vous savez ce qu'elle avait osé me répondre ? Que les petits vauriens tels que moi ne méritaient pas d'être récompensés !

Comme je ne comprenais pas son attitude, elle a empoigné la tarte aux pommes que l'une de nos voisines lui avait apportée, puis me l'a lancée à la figure et s'est mise à me frapper. Si Léo, qui était encore un bébé à l'époque et qui dormait dans la pièce d'à côté, ne s'était pas réveillé, elle aurait certainement fini par me tuer.

— Votre père ne vous a pas défendu ?

— Non. Il était parti en ville avec Simon et Corrigan et, quand il est rentré à la maison, il s'est bien gardé de me consoler. Depuis, je n'ai jamais réclamé le moindre cadeau à qui que ce soit et j'ai des haut-le-cœur à la vue d'une bougie.

Touchée par la confiance que Callaghan venait de lui témoigner, Tess lâcha ses valises et lui effleura le front d'une caresse timide, à peine ébauchée.

— Votre mère n'a pas été la seule à manquer d'instinct maternel, lui dit-elle, un pâle sourire aux lèvres. La mienne n'a pas été la meilleure des mamans, elle non plus. Elle a été obligée de se marier lorsqu'elle est tombée enceinte et elle m'en a longtemps voulu de l'avoir privée de sa précieuse liberté. Comme elle avait horreur de la vie de famille, elle m'a abandonnée avant mon entrée à l'école primaire et ne s'est rappelé qu'elle avait une fille que le jour de mon seizième anniversaire.

— Où est-elle en ce moment ?

— Je n'en ai aucune idée et je m'en moque. Cela fait des années que je n'ai pas eu de ses nouvelles.

— Sait-elle que votre père est décédé et que vous n'avez personne d'autre qu'elle à qui vous confier ?

— Probablement pas. Même si j'avais voulu la joindre la veille des obsèques, je ne l'aurais pas pu puisque je ne connais ni son adresse ni son numéro de téléphone. Vos frères et vous avez donc été les seuls à partager mon chagrin.

Voyant Callaghan se raidir et reculer d'un demi-pas, Tess enfouit ses poings dans les poches de son duffel-coat et désigna du menton les deux grosses valises en Skaï qu'elle avait posées à ses pieds.

— Comme vous ne m'aimez pas beaucoup, il vaut mieux que je quitte le Circle H et que j'aille chercher du travail à Austin ou à Victoria, reprit-elle d'un ton qu'elle aurait souhaité moins crispé. J'ai vingt et un ans, presque vingt-deux, et je suis capable de me débrouiller par mes propres moyens.

— Patientez plutôt jusqu'à la fin de l'hiver,

lui conseilla Callaghan. Si je vous laisse partir aujourd'hui, Léo et Rey seront furieux.

— Maintenant que Dorie a accouché, je suis sûre qu'elle acceptera de venir préparer vos repas en attendant que vous ayez trouvé une autre cuisinière.

— Moi, j'en doute. Elle est trop occupée à pouponner pour se soucier de nous.

— Elle a raison de ne pas vouloir s'éloigner de son fils : ce n'est encore qu'un bout de chou, et il est mignon à croquer.

— Est-ce parce que mes accès de colère vous effraient que vous tenez absolument à démissionner ?

— Non. Je n'ai peur de rien ni de personne.

— Vu la vitesse à laquelle vous avez fait vos bagages, on ne le croirait pas. Vous arrive-t-il souvent de jouer les gamines terrorisées ?

Cinglée par le ton incisif qu'avait employé Callaghan, Tess se redressa de toute sa taille, le regard étincelant de fureur.

— Je ne suis pas une gamine, protesta-t-elle d'une voix suraiguë. Je suis une adulte responsable et je n'ai pas l'habitude de fuir devant un danger.

— Prouvez-le-moi.

— Comment ?

— En restant au Circle H.

— D'accord. Puisque vous me prenez pour une poule mouillée, je vais vous montrer de quoi je suis capable.

— Oh ! mais je ne demande que cela.

— Si vous osez encore une fois vous mettre en colère parce que j'ai oublié de vous acheter du beurre de cacahuète, je vous planterai le couteau à tartiner entre les yeux. Et, si vous vous avisez de me lancer un autre gâteau à la figure, je n'hésiterai pas à…

— Je ne vous ai pas lancé votre génoise à la figure, rectifia Callaghan, la joue creusée d'un pli sarcastique. Je l'ai jetée contre les portes du vaisselier.

— Ce qui revient au même, riposta Tess. J'avais passé deux longues heures à la confectionner, et vous n'aviez pas le droit d'y toucher. Quand je vous ai vu piétiner les bougies, j'ai failli empoigner mon rouleau à pâtisserie et vous briser le crâne.

— Qu'est-ce qui vous a empêchée de le faire ? La peur d'être punie ?

— Non. Le simple bon sens. Vous avez la tête tellement dure que je n'aurais pas réussi à vous assommer.

Vexé de ne pas avoir eu le dernier mot, Callaghan

enfonça son Stetson jusqu'aux oreilles, puis sortit de la chambre comme une bourrasque et dégringola l'escalier.

— Quelle calamité, cette fille ! maugréa-t-il avant de claquer la porte du vestibule derrière lui et de dévaler les marches du perron.

« Si cet insolent s'imagine que j'ai accepté de rester au Circle H par pure générosité et que je vais le laisser me réduire en esclavage, il se berce d'illusions, fulmina Tess en posant ses valises sur son lit et en les ouvrant d'une main tremblante de colère. Ce n'est pas parce qu'il a eu une enfance malheureuse qu'il doit se croire tout permis. »

Au cours des semaines qui suivirent, une agréable routine s'installa au ranch. Submergés de travail, Callaghan, Léo et Rey se levaient chaque jour à l'aurore et ne rentraient à la maison qu'au crépuscule, après avoir aidé leurs employés à soigner et à nourrir le bétail, à entretenir les machines agricoles et à réparer les clôtures en fil de fer barbelé des corrals.

Dès qu'ils avaient fini de déjeuner et quitté la cuisine, Tess attendait impatiemment l'arrivée de Jane Lewis et passait des heures à bavarder avec la vieille dame, qui se faisait un plaisir de lui raconter l'histoire de Jacobsville et de la famille Hart.

Replié sur lui-même pendant l'hiver, le ranch se métamorphosa en ruche bourdonnante au début du mois d'avril, et l'effervescence qui régnait dans la maison gagna peu à peu Tess. Comme l'assistant personnel de Léo et le secrétaire de Rey devaient enregistrer le numéro d'identification des centaines de veaux qui venaient de naître et n'avaient pas le temps de répondre au téléphone ni d'envoyer des e-mails, elle fut obligée d'apprendre à se servir du standard, du fax et de l'ordinateur.

Pour décourager les voleurs de bétail qui sévissaient encore au Texas, les Hart avaient implanté des puces électroniques sous la peau de leurs vaches et de leurs taurillons. Mais, à la différence de certains autres éleveurs de Jacobsville, ils avaient refusé de tout sacrifier au culte de la productivité. Plutôt que d'abuser des antibiotiques, des farines alimentaires et des pesticides, ils préféraient donner à leurs animaux du fourrage de très bonne qualité et n'utiliser que des traitements bio. J. D. Langley et les frères Tremayne, des écologistes convaincus, partageaient leurs idées et avaient élaboré avec eux des stratégies d'investissement. Ensemble, ils faisaient bloc contre les défenseurs de la surexploitation des terres qui avaient transformé leurs fermes en usines et qui administraient des hormones de croissance à leurs veaux.

Comme le téléphone sonnait sans arrêt et qu'il fallait constamment envoyer des fax ou des e-mails aux clients du Circle H, Tess passait ses journées à pianoter sur les touches du combiné et sur le clavier de l'ordinateur.

— Je n'aurai pas le temps de préparer le déjeuner, se plaignait-elle chaque matin.

— Ce n'est pas grave, lui répondaient Léo et Rey. Si nous manquons de quoi que ce soit, nous appellerons la gérante du Barbara's Café à la rescousse.

Pendant deux semaines d'affilée, un jeune livreur vint apporter au personnel du ranch les dizaines de quiches et de pizzas qu'avait confectionnées le cuisinier du snack-bar. Les Hart étaient très exigeants envers leurs employés et les incitaient souvent à faire des heures supplémentaires, mais ils savaient se montrer généreux et les récompenser de leur dévouement.

— Où diable mettez-vous l'argent que nous vous donnons ? dit un soir Léo à Tess.

— Pourquoi me demandez-vous cela ? questionna-t-elle en éteignant son P.C. et en frottant ses yeux rougis du plat de la main.

— Parce que vous portez toujours le même jean et le même corsage. Vous n'avez pas envie d'aller courir les magasins et de vous acheter une jolie robe ou un nouveau chemisier ?

— Comment le pourrais-je ? Je suis tellement débordée de travail que j'ai à peine le temps de respirer.

— Dès que le calme sera revenu au Circle H, vous n'aurez qu'à descendre en ville et à dévaliser les boutiques de mode.

— Le calme ! répéta Tess d'un ton aigre-doux. Je ne suis pas sûre que vos frères et vous connaissiez la signification de ce mot. Depuis début avril, vous imposez une cadence infernale à vos employés et vous n'hésitez pas à les bousculer quand vous les trouvez trop lents. L'autre jour, le vieux Fred m'a raconté que vous lui aviez donné un ordinateur de poche et que vous l'aviez menacé de le renvoyer s'il refusait d'apprendre à s'en servir.

— Je ne l'ai pas menacé au sens strict du terme. Je lui ai juste *conseillé* de se mettre à la page. Plus le ranch s'agrandit, plus il est important de se montrer efficace.

— Si vos maudites vaches n'arrêtent pas de vêler, nous ne sommes pas près de…

— Nos maudites vaches ! releva Léo avec une feinte indignation. Au lieu d'insulter ces pauvres bêtes, vous devriez les remercier, car c'est grâce à elles que vous touchez un bon salaire.

— Je le sais bien, mais reconnaissez que nous sommes tous à bout de forces et que nous avons les nerfs à vif.

— Quand mon assistant et le secrétaire de Rey auront fini d'enregistrer le numéro d'identification des nouveau-nés et de dresser la liste des bouvillons qui sont morts ou qui ont été vendus, vous pourrez leur céder votre place et retourner à vos fourneaux.

— Ce ne sera pas trop tôt ! J'en ai marre de manger des quiches et des pizzas à chaque repas.

— Vous n'êtes pas la seule à en avoir assez. Comme je raffole de vos petits pains au lait, j'ai hâte que vous vous remettiez à cuisiner.

— Espérons que je n'aurai pas oublié la recette et que je saurai encore me servir d'un rouleau à pâtisserie.

— Gare à vous si vous avez perdu la main, mademoiselle Brady ! se moqua Léo. A la moindre erreur de dosage, je n'hésiterai pas à vous licencier.

Trop fatiguée pour riposter, Tess se leva de son fauteuil en étouffant un bâillement, puis enfila le long corridor qui menait au vestibule et faillit heurter Callaghan de plein fouet.

Vêtu d'un costume anthracite et d'une chemise immaculée sur laquelle tranchait une cravate rayée de gris perle et de bordeaux, il était tellement différent du cow-boy en jean et en sweat-shirt qu'elle avait connu jusque-là qu'elle en eut le souffle coupé.

— D'où venez-vous ? lui demanda-t-elle, le premier choc passé.

— De Dallas, répondit-il avant de se pencher vers elle et de fixer avec inquiétude les larges cernes qui lui bleuissaient les paupières. Est-ce à cause de Léo et de Rey que vous avez les traits tirés ?

— Oui. Cela fait des heures que je travaille d'arrache-pied, et je n'en peux plus.

— A cette époque de l'année, la vie au Circle H est un vrai cauchemar.

— Oh ! je ne me plains pas. Je suis juste impatiente de monter me coucher.

— Lorsque vous vous réveillerez demain matin, mettez autre chose que ce vieux jean délavé et que ce chemisier. Vous avez l'air d'une gamine mal fagotée.

— Merci du compliment. Il me va droit au cœur.

— Si vous voulez vous marier, ce n'est pas en vous habillant comme l'as de pique que vous réussirez à trouver un fiancé. Aucun homme n'aime les sauvageonnes aux cheveux en broussaille et aux vêtements élimés.

Un éclair de fureur zébra les grands yeux bleus de Tess.

— Pardon de ne pas ressembler à une gravure de mode, monsieur Hart, rétorqua-t-elle après avoir aéré ses boucles auburn d'un doigt irrité, mais vos frères m'ont tellement abrutie de travail ces dernières semaines que je n'ai pas eu le temps de renouveler ma garde-robe ni d'aller chez le coiffeur.

— Quand les secrétaires de Léo et de Rey seront moins débordés, vous pourrez souffler un peu et prendre soin de vous.

— Je n'y manquerai pas, soyez-en sûr. Puisque j'ai hâte de séduire le Prince charmant et de jeter mon nom de jeune fille aux oubliettes, je passerai des journées entières à me pomponner.

— Ce ne sera pas du luxe ! Vous avez une mine de déterrée.

— Quel tact ! Quelle délicatesse ! On voit que vous savez parler aux femmes, vous !

Comme s'il regrettait tout à coup de s'être montré trop abrupt, Callaghan plongea une main dans la poche de son veston et en retira un écrin, qu'il tendit à Tess avec un sourire d'excuse.

— Pour vous remercier de votre collaboration et célébrer dignement votre anniversaire, je vous ai rapporté un cadeau de Dallas, lui annonça-t-il.

— Mon anniversaire ! répéta-t-elle, les yeux ronds. Ce n'est pas en avril que je suis née, c'est le 1er mars.

— Je le sais et je suis désolé de ne pas vous avoir offert des fleurs ce jour-là. A cause de ma phobie des fêtes et des bougies, vous vous êtes crue obligée de me cacher votre date de naissance, mais Léo m'a dit il y a une semaine que vous aviez eu vingt-deux ans le mois dernier. Alors, dès que j'en ai eu l'occasion, j'ai essayé de me racheter.

Tess ouvrit la petite boîte habillée de cuir rouge qu'elle tenait au creux de sa paume et ne put retenir un cri d'admiration.

Couchés sur un lit de satin blanc, un pendentif en or incrusté de saphirs et une chaînette torsadée brillaient de mille feux sous la lumière indécise du plafonnier.

— Merci, lâcha-t-elle d'une voix étranglée. Ce… ce collier est splendide.

— Je suis heureux qu'il vous plaise, car je n'étais pas certain d'avoir fait le bon choix.

— Est-ce vraiment pour me souhaiter un bon anniversaire que vous me l'offrez ?

— Oui, confirma Callaghan. Mieux vaut tard que jamais.

Puis, voyant une ombre obscurcir les jolis yeux de Tess, il s'empressa d'ajouter :

— De quoi avez-vous peur ?

— De rien, murmura-t-elle. Je… j'étais juste en train de me demander si ce bijou n'était pas en réalité un cadeau d'adieu. Le matin où vous avez jeté par terre ma génoise au chocolat, vous m'avez conseillé de rester au Circle H jusqu'à la fin de l'hiver et, comme nous sommes déjà en avril, je suppose que vous avez hâte de me licencier.

— Au contraire ! Les assistants de Léo et de Rey sont tellement débordés qu'ils doivent être ravis de l'aide que vous leur apportez. A moins que vous ne souhaitiez démissionner ce soir même, il serait donc préférable que vous différiez votre départ de quelques mois. Au début de l'été, les affaires seront plus calmes, et vous serez libre de quitter le Circle H… Maintenant, veuillez m'excuser. J'ai promis à Mack d'aller le rejoindre dans l'écurie, et il faut que je monte me changer.

Callaghan gravit deux à deux les marches de l'escalier, puis se pencha au-dessus de la balustrade et baissa les yeux vers Tess, qui se tenait immobile au centre du vestibule, les genoux faibles et le cœur au galop.

Durant une infinité de secondes, leurs regards dansèrent un étrange ballet, s'accrochant, se dérobant, se mêlant de nouveau comme s'ils étaient seul à seul pour la toute première fois de leur vie et que rien d'autre n'existait autour d'eux. Rien d'autre que ce moment magique qui leur donnait l'agréable impression de voguer hors du temps, hors de la réalité, et qui semblait ne jamais devoir s'achever.

« Moi qui ai horreur des machos et des tyrans, je ne vais quand même pas tomber amoureuse d'un homme tel que Callaghan Hart ! » se gourmanda Tess après avoir rompu le charme d'un simple battement de cils et quitté le hall en quelques enjambées.

Dès qu'elle eut gagné sa chambre par l'escalier de service, elle se planta devant la psyché qui trônait au pied de son lit, puis suspendit à son cou le collier qu'elle tenait entre ses doigts crispés et admira son reflet dans le miroir.

— Est-ce pour soulager sa conscience ou pour me témoigner son amitié que Callaghan m'a offert ce bijou ? murmura-t-elle en caressant du bout de l'index les saphirs qui luisaient à la naissance de sa gorge et qui palpitaient au même rythme que son cœur.

3.

— Ouah ! s'exclama Léo le lendemain matin, lorsque Tess franchit le seuil de la cuisine, son collier autour du cou. Quel joli pendentif !

— Qui vous l'a acheté ? s'informa Rey, le regard brillant de curiosité.

— Callaghan, déclara la jeune femme. Il me l'a offert hier soir.

— En gage d'amour ou d'amitié ?

— Demandez-le-lui, et il acceptera peut-être de vous faire des confidences.

— Ton vieux cœur engourdi se serait-il enfin remis à fonctionner, Cag ? dit aussitôt Rey avec un sourire goguenard.

— Moi qui croyais qu'il avait cessé de battre et qu'on ne pourrait plus jamais le ranimer, je n'en reviens pas, ironisa Léo. Quand vas-tu te décider à prononcer le « oui » fatidique, don Juan ?

En guise de réponse, Callaghan reposa brutalement sur le plan de travail le bol qu'il venait de vider à grands traits et sortit de la maison d'un pas belliqueux.

Conscients d'avoir poussé trop loin la plaisanterie et d'avoir embarrassé Tess, Léo et Rey lui présentèrent leurs humbles excuses, puis quittèrent la cuisine et descendirent rejoindre leur frère au bas du perron.

— J'aurais dû me douter que ces deux idiots seraient incapables de tenir leur langue et qu'ils gâcheraient tout, marmonna la jeune femme en regrettant de ne pas avoir laissé son collier dans le tiroir de sa coiffeuse.

Après avoir lavé la vaisselle et balayé le vestibule, elle monta aérer la chambre de Callaghan et, la tête ailleurs, oublia de fermer le couvercle du terrarium dont Herman était en train d'escalader les parois.

A peine avait-elle ouvert la fenêtre et saisi l'édredon multicolore qui avait glissé du lit qu'elle entendit un drôle de chuintement dans son dos et qu'elle sentit un poids dégringoler sur ses épaules.

— Au secours ! cria-t-elle à pleins poumons. Venez vite, je vous en supplie.

Alerté par ses hurlements, Léo gravit l'escalier en un temps record et pénétra dans la pièce en trombe.

— Oh, nom d'un chien ! s'exclama-t-il en voyant le python s'enrouler autour du cou de Tess.

— Au lieu de me regarder suffoquer, allez chercher Callaghan avant que ce monstre ne me dévore, lui intima-t-elle, la poitrine oppressée.

— Herman ne vous mangera pas. Il n'aime que les souris mortes et la nourriture lyophilisée.

— Encore heureux !

— Voulez-vous que j'essaie de l'attraper et de le remettre dans son terrarium ?

— Non, merci. Je préfère que ce soit Callaghan qui s'en charge. Il le connaît mieux que vous et saura ce qu'il faut faire.

— Lui seul pourra vous aider, vous avez raison, jeta Léo avant de sortir en flèche de la chambre et de dégringoler l'escalier.

Lorsqu'il réapparut au bout de cinq minutes, son frère sur les talons, Tess était agenouillée au pied du lit, la tête courbée et le cœur au ralenti.

— Herman, bon sang ! grommela Callaghan en se précipitant vers le python. Pourquoi n'es-tu pas resté dans ta cage comme je te l'avais ordonné ? Parce que tu trouvais le temps long et que tu avais envie d'explorer les…

— Débarrassez-moi d'abord de lui et vous l'interrogerez ensuite, maugréa Tess. Il est tellement lourd qu'il ne va pas tarder à me briser la nuque.

— Mais non, voyons ! Il s'agit d'un reptile, pas d'un éléphant.

— Si vous l'aviez autour du cou, vous ne diriez pas la même chose. Je parie qu'il pèse plus d'une tonne et qu'il a hâte de me réduire en bouillie.

— Ce qu'il ne faut pas entendre !

Pendant que Léo aidait Tess à se lever et s'éclipsait discrètement, Callaghan glissa une main précautionneuse sous la tête du serpent et alla le déposer au fond de son aquarium.

— Je me demande pourquoi cet obstiné cherche toujours à s'évader, marmonna-t-il.

— Peut-être parce qu'il s'ennuie à mourir, répondit Tess d'un ton acerbe. Vous aimeriez être enfermé du matin au soir dans une prison de verre et n'avoir aucun compagnon de captivité ?

— Non. Je tiens trop à ma liberté.

— Vu le plaisir qu'il a pris à quitter sa cage et à me sauter dessus, Herman doit tenir à la sienne, lui aussi.

— D'où est-il tombé ?

— De l'une des quenouilles du baldaquin. Je m'apprêtais à faire votre lit quand je l'ai senti dégringoler sur mes épaules.

— Avez-vous mal quelque part ?

— Oui. Il a failli me briser les cervicales.

— Vous ne croyez pas que vous en rajoutez ? s'exclama Callaghan, un sourire dubitatif aux lèvres.

— Pas du tout ! Je n'ai échappé à la mort que par miracle.

— Moi, je pense que c'est la peur et elle seule qui aurait pu vous tuer. Les trois quarts des habitants de Jacobsville s'imaginent que les serpents sont agressifs et sournois, mais ils se trompent. Si on évite de les provoquer ou de les toucher lorsqu'ils sont en train de muer, on ne court aucun danger.

— Depuis quand cohabitez-vous avec ce « brave » Herman ?

— Depuis douze ans. Il est mon meilleur ami, et je ne voudrais m'en séparer pour rien au monde. Contrairement à ce que disent les gens, certains reptiles sont plus attachants que les chats et que les chiens.

— Je le sais. Le fils de l'un des copains de mon père avait un iguane qui ressemblait à un dragon et, comme il l'amenait sur les pistes de rodéo, je me suis souvent occupée de lui.

— Que lui donniez-vous à manger ?

— De la purée de potiron et des bananes

écrasées. Chaque fois que je le caressais, il levait la tête d'un air extatique et fermait les yeux.

— Est-il encore vivant ?

— Non. Il est mort pendant la finale d'un championnat, et je n'ai jamais su ce qui lui était arrivé.

— Sans doute était-il très vieux et très fatigué.

— Sans doute…

Callaghan se retourna vers l'aquarium et regarda Herman somnoler derrière la paroi.

— Qui pourrait deviner que ce prisonnier modèle ne rêve que de s'évader ? murmura-t-il. J'ai beau veiller à ce qu'il ne sorte pas de ma chambre, il trouve toujours le moyen de s'échapper.

— La semaine dernière, quand j'ai voulu faire la lessive, je l'ai vu s'enrouler dans le tambour du lave-linge et je n'ai pas osé le déranger, avoua Tess en portant machinalement une main à son cou et en effleurant de l'index les saphirs de son pendentif.

— Je suis content que ce collier vous plaise, dit Callaghan, les yeux rivés à la chaînette en or qui scintillait sur la peau nacrée de la jeune femme.

— Et moi, je suis désolée de ne pas l'avoir laissé dans son écrin. Si j'avais été plus discrète, vos frères ne vous auraient pas taquiné.

— Bah ! ne vous occupez pas de ces deux imbéciles. Ce qu'ils ont dit ne m'a pas vexé.

— Lorsque je suis entrée dans la cuisine et qu'ils m'ont demandé d'où venait ce bijou, j'ai été très étonnée. Je croyais qu'ils ne le remarqueraient même pas.

— Comme je n'avais pas offert de cadeaux à une femme depuis des années, il est normal qu'ils aient réagi bruyamment.

— J'espère qu'ils ne vont pas s'imaginer des choses. Dès que j'en aurai l'occasion, je leur expliquerai que vous m'avez acheté ce pendentif pour me souhaiter un bon anniversaire et me remercier d'avoir collaboré avec vous, pas pour me déclarer votre flamme.

— Ne vous donnez pas cette peine ! Quoi que vous leur racontiez, ils n'en croiront pas un mot.

Gênée par l'intensité du regard dont l'enveloppait Callaghan, Tess recula jusqu'à la porte de la chambre et massa sa nuque endolorie.

— Vous n'êtes pas blessée, au moins ? lui demanda-t-il d'un ton inquiet.

— Bien sûr que non ! s'exclama-t-elle. Ce n'est pas parce qu'un python m'est tombé dessus et a failli m'écraser que je vais m'arrêter de travailler.

— Herman n'aurait pas pu vous briser le dos. Il ne pèse que cinquante-cinq kilos.

— Et moi, quarante-neuf. Je n'avais donc aucune chance d'en venir à bout.

— Si vous voulez lui en imposer la prochaine fois qu'il s'en prendra à vous, mangez plus de quiches et de pizzas. Vous êtes maigre comme un clou.

— Primo, j'espère qu'il n'y aura pas de prochaine fois. Secundo, j'en ai tellement assez des spécialités du Barbara's Café que la seule vue d'une olive ou d'un anchois me donne la nausée. Tertio, je ne suis pas maigre, je suis *mince*. Nuance !

— Puisque vous avez la taille mannequin, qu'attendez-vous pour mettre vos guenilles à la poubelle et pour renouveler votre garde-robe ?

— Qu'il neige sous les tropiques. Les jeans et les chemisiers que je possède sont peut-être élimés, mais ils me suffisent amplement.

— Qu'ils vous suffisent ou pas, vous allez me faire le plaisir de descendre en ville demain matin et de dévaliser toutes les boutiques de mode.

— N'y comptez pas ! Vous avez beau être mon patron, ce n'est pas à vous de me dire comment je dois m'habiller.

Les yeux de Callaghan se plissèrent jusqu'à n'être plus que deux fentes.

— Si vous refusez de m'obéir, je vais vous montrer de quel bois je me chauffe, grommela-t-il avant de saisir Tess à bras-le-corps et de la jeter sans ménagement sur son épaule.

— Lâchez-moi, sale brute ! hurla-t-elle en battant des pieds pour essayer de se dégager. Je ne suis pas une botte de paille.

Mais, sourd à ses cris de protestation, il sortit de la chambre à la vitesse de l'éclair et dévala l'escalier.

— Oh, mon Dieu ! s'exclama Léo quand il vit son frère traverser le hall au pas de charge. Est-ce à cause de Herman que la pauvre petite s'est évanouie et que tu as été obligé de la prendre dans tes…

— Tess n'est pas évanouie, coupa Callaghan d'un ton irrité. Elle se porte comme un charme.

— Où l'emmènes-tu ?

— En ville. Elle ressemble à une chiffonnière avec ses vieux jeans effrangés, et je vais l'aider à choisir de nouveaux vêtements.

— Bonne idée ! Achète-lui une jolie robe et des chemisiers en dentelle.

— Judas ! cria Tess à Léo. Vous savez bien que je déteste les frous-frous.

— Dans ce cas, offre-lui *deux* robes, conseilla-t-il à son frère. Et ne regarde pas à la dépense.

— Attendez un peu que je revienne et vous me le paierez, espèce de traître, marmonna la jeune femme en foudroyant Léo des yeux.

— Quel spectacle ! se moqua Rey, qui était adossé à la rambarde du perron, la bouche fendue jusqu'aux oreilles. Est-ce agréable de voyager à dos de cow-boy, mademoiselle Brady ?

— Au lieu de ricaner, sauvez-moi, jeta-t-elle d'un ton implorant.

— Tiens ! cela me rappelle une vieille ballade texane, dit Léo, hilare. Te souviens-tu de son titre, Rey ?

— Non, mais il me semble que le refrain commençait par « Sauvez-moi, sauvez-moi, ou je vais mourir demain. »

— Allez, en chœur !

— « Sauvez-moi, sauvez-moi… »

Lorsque Callaghan déposa Tess sur la banquette de son 4x4 et se glissa derrière le volant, Léo et Rey s'approchèrent, bras dessus, bras dessous, du gros chêne qui ombrageait la maison et entonnèrent à tue-tête le premier couplet de la chanson.

*
* *

— Je n'ai aucune envie de faire du shopping, maugréa Tess dès que Callaghan eut quitté le Circle H et pris la direction de Jacobsville.

— Trop tard ! lui dit-il. Nous sommes presque arrivés.

— Je ne veux pas de nouveaux pantalons. Ceux que j'ai peuvent encore servir.

— Je sais que les jeans effrangés et troués sont à la mode, mais les vôtres tombent en lambeaux. A force de passer la serpillière sur le linoléum de la cuisine et de frotter le parquet du living-room, vous les avez usés jusqu'à la corde.

— Si j'en achète d'autres, ils subiront le même sort.

— Non, car je vous ai commandé un balai-brosse dernier cri qui vous évitera d'abîmer vos vêtements. Le vendeur m'a promis qu'on vous le livrerait à la fin de la semaine.

Etonnée qu'un affreux macho tel que Callaghan Hart ait pu se soucier de son bien-être au point de se rendre dans un magasin d'électroménager, Tess colla son front à la vitre de la portière et regarda défiler en silence les maisons du centre-ville.

Après avoir garé son 4x4 en haut de High Street, il sauta de son siège, puis aida la jeune femme à descendre de la jeep et l'entraîna d'autorité vers la boutique dont l'enseigne clignotait au coin de la rue.

— Bonjour, madame Bellamy, lança-t-il à la gérante. Voudriez-vous montrer à Mlle Brady ce que vous avez en rayon ?

— Avec joie, monsieur Hart, répondit Margaret Bellamy. Je viens justement de recevoir de très jolies choses qui devraient lui plaire.

— Elle a besoin d'une demi-douzaine de chemisiers, de quelques jeans, d'une paire de bottes et de deux…

— Ne vous inquiétez pas, j'ai ce qu'il lui faut. Pendant que je m'occupe d'elle, allez boire un café au snack-bar. Le temps vous paraîtra moins long.

— Vous ne préférez pas que je reste ici et que je l'aide à choisir ?

— Oh, surtout pas ! Nous serons mieux entre femmes, elle et moi.

Lorsque Callaghan revint dans la boutique une heure plus tard, Tess était en train d'essayer une robe bleu saphir dont le corsage moulait ses formes délicates comme une seconde peau et dont la jupe, froncée à la taille, s'épanouissait en une vaste corolle jusqu'à un large ruban de satin blanc.

— Que pensez-vous de ce modèle, monsieur Hart ? interrogea Margaret Bellamy de sa voix haut perchée. N'est-ce pas une pure merveille ?

— Si, jeta Callaghan, frappé d'admiration. Il est magnifique.

— Vous ne trouvez pas le décolleté un peu trop plongeant ? lui demanda Tess dès que la gérante du magasin se fut retirée.

— Non, non, la rassura-t-il en laissant son regard s'envoler vers les jolis seins ronds qui palpitaient sous l'étoffe et en les caressant insolemment du bout des cils. J'aime bien les bustiers très échancrés, car ils me permettent de… fantasmer.

Le ton confidentiel que venait d'employer Callaghan et la pause infime qu'il avait marquée avant d'achever sa phrase firent battre plus fort le cœur de Tess.

— Vous… vous n'avez pas honte de parler comme cela, monsieur Hart ? bredouilla-t-elle, les pommettes enflammées.

— Pas le moins du monde, riposta-t-il sans lâcher des yeux la gorge frémissante de la jeune femme. A votre âge, vous devriez savoir à quel point certains vêtements peuvent exciter les hommes.

— Si celui-ci est aussi affriolant que vous le dites, je refuse de l'acheter.

— Je plaisantais, voyons ! rétorqua Callaghan après s'être arraché de mauvaise grâce à sa contemplation. Ce n'est pas parce que cette robe est très décolletée que je la trouve superbe, c'est parce qu'elle vous sied à ravir et qu'elle est de la même couleur que les pierres précieuses de votre collier.

— Dans ce cas, je veux bien la garder, murmura Tess en jouant avec le fermoir de sa chaînette.

— A la bonne heure ! Vous êtes tellement butée parfois que je croyais ne jamais pouvoir vous convaincre de la…

— Avez-vous fait votre choix, mademoiselle Brady ? coupa Margaret Bellamy en regagnant le salon d'essayage.

— Oui, acquiesça Tess. Je vais prendre ce modèle en plus de tout ce que vous avez déjà empaqueté.

Pendant qu'elle troquait les atours de princesse dont l'avait parée la gérante contre son vieux pantalon troué et son chemisier, Callaghan alla payer le montant de la facture à la caisse, puis empoigna les grandes poches en plastique que lui tendait une vendeuse et sortit du magasin.

— Vous avez trop dépensé, lui dit Tess dès

qu'elle l'eut rejoint à l'intérieur de sa jeep. Si vous retenez chaque mois un quart de mon salaire, je n'aurai fini de vous rembourser qu'à Noël.

— Qui vous parle de me rembourser ? grommela-t-il. Les vêtements que je viens de vous offrir seront votre uniforme. Comme vous êtes la gouvernante du Circle H et que vous ne pouvez pas accueillir mes hôtes en haillons, il était de mon devoir de régler la note.

— Quels hôtes ? En dehors de vos frères et de vos belles-sœurs, vous ne recevez personne.

— Détrompez-vous, il m'arrive d'inviter à dîner des hommes politiques et d'autres éleveurs du comté. Il est donc important que vous soyez élégante.

— L'élégance n'a jamais été ma priorité. Quand mon père participait à des championnats de rodéo et qu'il était battu, il ne gagnait pas assez d'argent pour m'offrir des robes et des pantalons neufs. Alors, plutôt que de fréquenter des boutiques de luxe, je préférais m'habiller dans des friperies. Un jour, j'ai remporté un concours hippique et, avec le chèque que m'ont remis les organisateurs, je me suis acheté mon duffel-coat en tweed.

— Un concours hippique ! releva Callaghan, stupéfait. J'ignorais que vous saviez monter à cheval.

— Oh ! je n'ai pas eu souvent l'occasion de m'entraîner ces derniers temps et j'ai peur d'avoir oublié ce qu'on m'a enseigné.

— Dès que mes employés auront fini de rassembler le bétail, je vous emmènerai faire une balade, et nous verrons si vous êtes encore capable de tenir en selle.

— Pourquoi patienter jusque-là ?

— Parce que je ne veux pas que mes cow-boys viennent vous tourner autour.

— Il n'y a pas de danger. Ils n'aiment que les starlettes plantureuses qui exhibent leur poitrine siliconée dans les journaux à scandale, et je suis plate comme une planche à pain.

— Ce n'est pas l'impression que j'ai eue chez Mme Bellamy.

Callaghan s'inclina lentement vers Tess et repoussa d'une main douce les mèches folles qui lui taquinaient le front.

— Quand je suis entré dans la boutique et que je vous ai aperçue, je vous ai trouvée très sexy, reprit-il à mi-voix. Avez-vous essayé d'autres robes que la bleue avant mon arrivée ?

— Oui. Une noire échancrée jusqu'à la taille et tellement moulante que j'aurais eu honte de la porter en public.

— Si elle était aussi décolletée que vous le

dites, vous auriez dû me laisser vous l'offrir. Certaines femmes ne peuvent pas se permettre ce genre d'excentricité parce qu'elles ont une poitrine trop généreuse et des kilos superflus, mais vous, vous avez de jolis petits seins et une silhouette élancée que vous envieraient toutes les reines des podiums.

Rougissant sous le compliment, Tess baissa la tête et feignit de s'absorber dans la contemplation de ses espadrilles.

— Au cas où vous l'auriez oublié, monsieur Hart, jeta-t-elle, au comble de l'embarras, je vous rappelle que vous êtes mon patron et que vous n'avez pas le droit de me parler de…

— De quoi ? lui demanda-t-il avec suavité.

— De mes… de ma gorge. Les propos que vous me tenez sont très inconvenants, et j'aimerais mieux que nous changions de sujet.

— Très inconvenants ! répéta Callaghan après avoir réussi, non sans peine, à rengainer le sourire qui frémissait sur ses lèvres. Jusqu'à aujourd'hui, je croyais qu'aucune femme ne pouvait être plus vertueuse que Jane Lewis, mais je m'aperçois que j'avais tort. Comparée à vous, elle a l'air d'une hippie aux mœurs débridées.

— Pauvre Mme Lewis ! s'exclama Tess. Si elle avait entendu ce que vous m'avez dit il y a cinq minutes, elle aurait préféré se boucher les oreilles que de continuer à vous écouter.

— Et vous lui auriez donné raison ?

— Oui. Un gentleman ne se serait pas conduit comme vous l'avez fait. Il aurait respecté les règles du savoir-vivre et n'aurait pas eu l'indécence de me parler de la taille de mes seins.

— Il faut croire, alors, que je ne suis pas un gentleman.

— Ça, je l'avais déjà remarqué, figurez-vous ! Quand vous êtes entré dans le salon d'essayage, vous m'avez déshabillée du regard sans le moindre scrupule.

— Le spectacle que vous m'offriez était tellement charmant que je m'en serais voulu de ne pas en profiter.

Amusé de voir les joues de Tess se teinter de vermillon, Callaghan empoigna sa clé de contact et quitta High Street dans un joyeux vrombissement.

— Attachez votre ceinture de sécurité, mon ange, lui conseilla-t-il. Les policiers de Jacobsville ne plaisantent pas avec le code de la route et, s'ils s'aperçoivent que vous êtes en infraction, ils n'hésiteront pas à vous coller une amende qui vous mettra sur la paille.

— Merci de vous préoccuper de l'état de mes

finances, riposta-t-elle en résistant de justesse à l'envie qui lui venait de se frotter les oreilles pour vérifier qu'elle n'avait pas été victime d'une illusion auditive.

Que Callaghan l'ait appelée « mon ange » était d'autant plus stupéfiant qu'il avait rayé de son vocabulaire tous les termes d'affection et qu'il ne pouvait pas s'empêcher de persifler quand il arrivait à Corrigan et à Dorie de se dire des mots doux devant lui.

— Comme c'est touchant ! ironisait-il chaque fois que son frère et sa belle-sœur osaient se donner des petits noms en public. Puisque le bonheur conjugal rend les hommes idiots, j'aime mieux rester célibataire que de me marier.

Après avoir bouclé sa ceinture de sécurité d'une main malhabile, Tess tourna la tête vers Callaghan et caressa des yeux ses lèvres sensuelles. « S'il s'arrêtait sur le bas-côté et qu'il m'embrassait, aurais-je la force de le repousser ? » se demanda-t-elle, le cœur pris de folie.

Des garçons inexpérimentés et l'un des amants de sa mère lui avaient déjà volé des baisers, mais aucun d'eux n'avait su éveiller en elle le moindre désir. Leurs tentatives de séduction et leurs gestes brusques lui avaient inspiré un tel dégoût qu'elle s'était crue allergique aux…

— A quoi songez-vous, mademoiselle Collet-Monté ?

Arrachée à ses souvenirs par la voix railleuse de Callaghan, Tess sentit une onde de feu lui brûler les joues.

— A rien, marmonna-t-elle. Et je vous interdis de m'appeler comme cela. Contrairement à ce que vous pensez, je ne suis ni prude ni…

— Pas possible ! A voir tout le cinéma que vous m'avez fait il y a un quart d'heure, j'aurais juré que vous l'étiez. Lorsque je vous ai parlé de la beauté de vos seins, vous vous êtes mise à rougir et vous avez eu l'air d'une couventine effarouchée.

— Continuez sur ce ton, et je ne vous achèterai plus jamais de beurre de cacahuète. Quant aux viennoiseries dont vous raffolez, vous n'aurez qu'à les préparer vous-même !

— Si vous osez me priver de croissants aux amandes, de chaussons aux pommes et de pains aux raisins, Léo et Rey me vengeront.

— N'y comptez pas trop ! Ces deux-là ne sont que d'ignobles traîtres qui préfèrent plaisanter et pousser la chansonnette que d'aider leurs amis en détresse. Depuis qu'ils vous ont regardé me trimballer comme un paquet de linge sale sans remuer le petit doigt, je leur en veux de ne pas m'avoir défendue et je me demande pourquoi j'ai accepté d'être votre gouvernante. Vous, les Hart, vous êtes tous bons à enfermer.

— Qui est le moins détraqué de la famille, à votre avis ? Léo, Rey ou moi ?

— Rey. Léo ne pense qu'à me taquiner, et vous ne valez pas mieux que lui. Non seulement vous avez eu le toupet de piétiner ma génoise au chocolat, mais vous avez laissé votre python me sauter à la gorge.

— Est-ce ma faute si ce pauvre Herman s'est entiché de vous au point de s'enrouler amoureusement autour de votre cou ? ironisa Callaghan. Quant à votre gâteau, il me semble vous avoir déjà expliqué que je l'avais jeté par terre à cause des mauvais souvenirs qu'il m'avait rappelés.

— Je n'arrive pas à croire que votre mère ait pu se conduire de cette façon. A sa place, j'aurais organisé un somptueux goûter d'anniversaire et j'aurais invité vos copains de classe au Circle H.

— Aimez-vous beaucoup les enfants ?

— Oui, je les adore. Et vous ?

— Moi, je ne sais pas comment m'y prendre avec eux. Chaque fois que Corrigan et Dorie amènent leur fils au ranch, j'ai tellement peur de le blesser que j'ose à peine le toucher.

— Lorsque vous aurez fondé une famille, je suis sûre que vous serez le plus gentil et le plus doué des papas.

— Si je décide un jour de me fiancer, ce qui est peu probable, j'espère que ma future épouse aura l'instinct maternel.

A l'idée qu'une ravissante créature arrive à séduire Callaghan et à lui faire oublier ses vœux de célibat, Tess sentit une violente jalousie lui mordre le cœur. Jalousie qu'elle trouva ridicule et déplacée. Que lui importait la vie privée d'un homme dont elle s'était juré de ne pas tomber amoureuse ?

— En ce qui me concerne, déclara-t-elle d'une petite voix pointue, je n'aurai jamais d'enfants.

— Pourquoi ? s'étonna-t-il en freinant brusquement et en rangeant son 4x4 le long du talus émaillé de pâquerettes qui bordait la chaussée.

— Parce que je n'ai pas envie de… de coucher avec qui que ce soit. Le sexe me dégoûte, et je préfère mourir vieille fille que de laisser un sale type poser ses mains sur moi.

— Qu'essayez-vous de m'expliquer ? Que vous êtes frigide ?

— Oui. Irrémédiablement frigide.

— Qui vous a dit que vous l'étiez ?

— Personne. Je m'en suis rendu compte toute seule le soir où l'un des amis de ma mère a essayé de... de me séduire. Quand il s'est mis à me caresser, je n'ai éprouvé que de la répulsion.

— Quel âge aviez-vous à l'époque ?

— Seize ans.

— Aujourd'hui, vous en avez vingt-deux et, comme il est impossible que vous soyez encore vierge, vous avez bien dû vous apercevoir qu'il était agréable de passer une nuit dans les bras d'un homme.

— Qu'est-ce qui vous fait croire que je ne suis plus vierge ?

— Mon réalisme. A moins d'avoir pris le voile et de s'être enfermée au fin fond d'un couvent, aucune jeune femme ne peut rester chaste aussi longtemps.

Impatiente de quitter le terrain accidenté où elle avait eu la sottise de s'aventurer, Tess se blottit contre la portière et désigna la chaussée d'un doigt nerveux.

— Rentrons à la maison, voulez-vous ? dit-elle du bout des lèvres. J'ai un travail urgent à terminer.

— Pas de problème ! s'exclama Callaghan

avant de redémarrer sur les chapeaux de roue et de bifurquer dans un rugissement de tous les diables vers la longue allée gravillonnée qui menait au Circle H.

4.

Quelques semaines plus tard, lorsque les employés du ranch eurent fini de rassembler le bétail, Callaghan demanda à Tess de chausser ses bottes de cavalière et, fidèle à sa promesse, l'invita à venir le rejoindre dans l'écurie.

— C'est sur ce cheval que vous voulez me faire grimper ? s'inquiéta-t-elle à la vue du pur-sang au chanfrein étoilé qui piaffait à l'entrée d'un box.

— Non, la détrompa-t-il. Comme Diamant Noir a un caractère ombrageux et que vous manquez d'entraînement, je vous ai réservé une autre monture, très calme et très docile.

Tess s'approcha de la magnifique jument alezane que lui désignait Callaghan et lui flatta l'encolure.

— Je vous présente Tornade, la star du Circle H, reprit-il, une étincelle d'humour au fond des yeux. Elle est tellement jolie et tellement intelligente que tous les étalons de Jacobsville en sont amoureux.

— Si elle est aussi calme et docile que vous le prétendez, pourquoi l'avez-vous baptisée « Tornade » ?

— Parce qu'il y avait un vent à décorner les bœufs le jour où elle est née. Mais, contrairement à ce que son nom pourrait vous laisser croire, elle est la douceur incarnée. Dès que vous l'aurez enfourchée, elle se pliera au moindre de vos caprices sans renâcler.

— Espérons que vous dites vrai et qu'elle ne va pas se cabrer au premier obstacle.

Callaghan se hissa sur le dos de Diamant Noir avec une aisance digne d'un héros de western, puis regarda Tess sauter en selle et eut un sourire.

— Je ne savais pas que vous étiez une fan des *Braves* d'Atlanta, dit-il en fixant la casquette de base-ball dont elle s'était coiffée. Vous ne leur en voulez pas d'avoir perdu le championnat l'automne dernier ?

— Non, déclara-t-elle après être sortie de l'écurie, car ils l'avaient gagné l'année précédente.

— Etes-vous déjà allée les applaudir dans un stade ?

— Evidemment ! Un supporter qui se respecte

ne doit pas se contenter de suivre les matchs à la télé.

— Moi, je ne suis pas un mordu de sport. Je préfère galoper à travers champs que de me vautrer dans un fauteuil, une canette de bière à la main, et de pousser des cris de sauvage chaque fois qu'un point est marqué.

— Oh ! il m'arrive rarement de pousser des cris de sauvage. J'ai beau être une admiratrice inconditionnelle des joueurs d'Atlanta, ce ne sont pas eux qui me rendent hystérique, c'est votre Herman adoré. Quand il a quitté sa cage au mois d'avril et qu'il s'est enroulé *amoureusement* autour de mon cou, j'ai cru que j'allais perdre ma voix à force de hurler.

Ignorant le sarcasme, Callaghan mit son pur-sang au galop et dévala un chemin herbeux qui vagabondait entre les corrals.

— Il va falloir que vous m'aidiez à retrouver les bœufs que mes employés n'ont pas réussi à localiser, dit-il à Tess. Pour rassembler le bétail, nous préférons survoler les prairies à bord de petits avions monomoteurs que de battre la campagne pendant des heures, mais, comme certains bouvillons sont moins timorés que les autres, ils ne se laissent pas intimider par ces drôles d'engins et se cachent dans des fourrés au lieu d'imiter leurs congénères.

— Si j'avais su que vous vouliez tester mes talents de cow-boy, je me serais équipée en conséquence, murmura-t-elle, le regard soudé aux bottes fraîchement lustrées et au jean tout neuf qu'elle avait eu la mauvaise idée d'enfiler. J'ai été stupide de m'habiller de cette façon.

— Ce n'est pas vous qui êtes à blâmer, c'est moi. Quand vous m'avez rejoint dans l'écurie, j'aurais dû vous prêter un vieux pantalon en cuir.

— Pourquoi ne l'avez-vous pas fait ?

— Parce que je vous ai trouvée tellement ravissante que tout le reste m'est sorti de la tête.

Rose de plaisir, Tess piqua des éperons, puis se dirigea à la suite de Callaghan vers une vaste étendue de terre ocre parsemée de buissons épineux et l'aida à localiser les jeunes bœufs castrés et les veaux indociles qui s'étaient tapis dans les broussailles.

— Venez, lui dit-il après avoir passé la matinée à parquer les fugueurs. Je vais vous emmener au point de ravitaillement le plus proche.

— Au point de ravitaillement ! répéta-t-elle, étonnée. Je croyais que seuls les cow-boys du Colorado et du Montana pouvaient déjeuner en rase campagne aux frais de leurs patrons.

— Eh bien ! vous vous trompiez. Si mes frères et moi n'avions pas installé des cantines aux quatre coins du Circle H, nos employés risqueraient de mourir de soif et de faim. Le ranch s'est tellement agrandi que nous avons dû adapter nos moyens logistiques à la taille du domaine et augmenter nos effectifs.

— Vous arrive-t-il de recruter des intérimaires ?

— Très souvent. En été, de nombreux étudiants nous donnent un coup de main, et il n'y a pas qu'eux qui nous demandent du travail. L'an dernier, nous avons embauché un ingénieur en aéronautique au chômage et, l'automne précédent, c'était un professeur d'archéologie que nous avions accueilli. Il passait plus de temps à creuser la terre de nos corrals qu'à surveiller notre bétail, mais il nous a enseigné un tas de choses.

— Lesquelles, par exemple ?

— Il nous a appris à dater les poteries anciennes et les pointes de projectiles qu'il avait exhumées. Comme j'aurais aimé être historien ou paléontologue, j'ai trouvé ses cours palpitants.

— Avant de diriger le Circle H, êtes-vous allé à l'université ?

— Oui. Je suis diplômé de Harvard.

— Vous avez de la chance. Moi, je n'ai que mon bac.

— Vous êtes encore tellement jeune que rien ne vous empêche d'entamer un cursus de trois ou quatre ans. Il y a une école professionnelle à Jacobsville, et vous pourriez vous y inscrire.

— Tout en gardant mon emploi ?

— Bien sûr ! Certains des cow-boys que mes frères ont engagés l'automne dernier suivent une formation, et l'argent qu'ils gagnent chez nous leur permet de subvenir à leurs besoins.

Tess tourna la tête vers Callaghan et lui dédia le plus radieux des sourires.

— Vous savez ce que j'aimerais étudier ? lui dit-elle d'une voix pleine d'entrain. La botanique ! Je voudrais être horticultrice et posséder une immense roseraie.

— Comme nous en avons déjà une au Circle H, vous ne serez pas obligée de vous enfermer dans un amphithéâtre pour apprendre à tailler et à…

— Ce dont je rêve, ce n'est pas de manier le sécateur, c'est de créer des espèces hybrides et de participer à des concours internationaux.

— Vous ne préféreriez pas être avocate, institutrice ou médecin ?

— Non. J'aime trop la vie au grand air. Dans

un prétoire, dans une salle de classe ou dans un hôpital, j'aurais l'impression d'étouffer.

— De là à n'avoir aucune autre ambition que de faire pousser des fleurs, il y a un pas. A notre époque, la plupart des femmes souhaitent exercer un métier qui leur permette de s'épanouir et de gagner autant d'argent que les hommes.

— Toucher des dizaines de milliers de dollars chaque année n'est pas mon principal objectif. J'adore la nature, et rien ne pourrait me plaire davantage que de devenir horticultrice. Croyez-vous que j'en serai capable ?

— Je ne le crois pas, j'en suis persuadé. Si vous n'avez pas confiance en vous et que vous renoncez à vos rêves, vous resterez gouvernante jusqu'à l'âge de la retraite, comme Mme Culbertson, et vous n'aurez même pas les moyens de vous acheter une maison.

— Cela ne m'ennuie pas d'habiter dans un ranch dont je ne suis pas propriétaire. Puisque je n'ai pas envie de me marier et de fonder une famille, je ne suis pas pressée de quitter le Circle H. Je m'y sens chez moi et je ne demanderais pas mieux que d'entretenir votre roseraie pendant des années. Mais, quand je réfléchis sérieusement à la question, je sais que ma place n'est pas ici et que je devrai tôt ou tard m'en aller.

Voyant s'assombrir le regard de Callaghan, Tess enchaîna d'un ton hésitant :

— Est-ce mon manque d'ambition qui vous contrarie ?

« Non, répondit-il en secret. Ce qui m'agace, c'est ce drôle de petit pincement au cœur que j'éprouve chaque fois que je pense au jour où vous partirez. »

— Veuillez me suivre, bougonna-t-il en éperonnant son pur-sang. Le point de ravitaillement dont je vous ai parlé se trouve là-bas, juste derrière le bois de pacaniers.

Après avoir contourné le bosquet au grand galop, il sauta à bas de sa selle, puis attacha Diamant Noir à l'un des arbres qui encerclaient la cantine et s'approcha de la table à laquelle étaient déjà assis quinze de ses employés.

— Salut, patron ! jetèrent-ils avec un bel ensemble.

— Reste-t-il un peu de potage ou de ragoût pour Mlle Brady et moi ? leur demanda-t-il.

— Oui, acquiesça Hardy Johnson, le plus âgé des convives. Installez-vous, monsieur Hart, je vais vous servir.

Lorsque Tess descendit de sa monture et vint prendre place à côté de Callaghan, tous les regards se posèrent sur elle, et un profond silence se fit dans la clairière.

Indifférente aux sourires en coin qu'échangeaient les cow-boys, l'estomac creusé par sa longue chevauchée, elle mordit dans la grosse tranche de pain que lui avait tendue Hardy et vida en quelques cuillerées le bol de soupe qu'il lui avait offert.

— Dépêchez-vous, lui cria Callaghan après s'être levé de son siège et remis en selle. Nous n'avons pas de temps à perdre.

« Pourquoi est-il de mauvaise humeur ? s'étonna-t-elle en enfourchant Tornade et en le suivant sous l'épaisse frondaison des pacaniers. Parce que cela lui déplaît que je veuille étudier la botanique ? Ou parce qu'il trouve ma conversation tellement ennuyeuse qu'il préfère ne plus m'adresser la parole ? »

De peur d'attiser sa colère si elle s'avisait de lui poser la moindre question, elle se retrancha dans un silence prudent et le regarda galoper d'un œil ébloui. A l'instar des pionniers assoiffés de liberté qu'avaient jadis filmés John Ford et Howard Hawks, il semblait faire corps avec sa monture et n'avoir d'autre but que de chevaucher vers de lointains horizons. Tout en lui — son port de tête altier, ses larges épaules se découpant sur le bleu du ciel et les muscles puissants de ses bras qu'on voyait jouer à chaque soubresaut de Diamant Noir — était le symbole même de la force et de la virilité. Lors des tournois de rodéo auxquels elle avait assisté, Tess avait rencontré des dizaines de cow-boys au charme ravageur, mais aucun d'eux n'aurait pu éclipser Callaghan.

— Avez-vous déjà dompté des mustangs et des taureaux ? lui demanda-t-elle timidement dès qu'ils eurent quitté les ombrages.

— Non. Je suis trop occupé pour m'intéresser à ce genre de choses.

— Mon père, lui, adorait participer aux différents championnats qu'organisaient les éleveurs du Texas, du Wyoming ou du Nevada.

— Lui arrivait-il souvent de battre ses adversaires ?

— Pas assez souvent, hélas ! S'il avait raflé tous les prix, nous aurions été riches, et je n'aurais pas été obligée de porter des vêtements d'occasion.

— Vous avez dû avoir une enfance très spéciale.

— C'est un doux euphémisme. Alors que mes copines habitaient dans une belle maison et se rendaient chaque jour à l'école, je n'avais pas d'autre choix que de dormir à l'hôtel et de suivre des cours par correspondance.

— D'où votre soif d'apprendre ?

— Oui. J'ai eu une scolarité tellement chaotique que je suis impatiente de rattraper mon retard.

— Vu les graves lacunes que vous avez à combler, vous n'êtes pas au bout de vos peines !

— Merci de votre franchise, mais il était inutile de remuer le couteau dans la plaie, maugréa Tess, piquée au vif. Je sais que je ne suis pas cultivée et que je…

— Pardon d'avoir manqué de tact, jeta Callaghan, l'air contrit. Je suis un peu trop direct parfois.

— « Direct » n'est pas le mot que j'aurais employé. « Indélicat » vous conviendrait beaucoup mieux. Quand vous avez une remarque à faire, vous n'y allez pas par quatre chemins.

— Vous non plus, vous n'avez pas votre langue dans votre poche.

— Encore heureux ! A l'époque où j'accompagnais mon père sur les pistes de rodéo, il n'y avait que des hommes autour de moi et, si je n'avais pas été capable de me défendre, ils m'auraient foulée aux pieds comme un vulgaire paillasson.

— Malgré ces nombreux cow-boys que vous avez côtoyés, vous ignorez tout de la psychologie masculine. Etes-vous déjà sortie avec des garçons ?

— Oui, mais, quand je me suis rendu compte

qu'ils ne pensaient qu'à… qu'à la bagatelle, j'ai préféré ne pas insister.

— Pourquoi ?

— Parce que le sexe me dégoûte, je vous l'ai déjà dit. Je n'aime pas qu'on me saute dessus et qu'on m'embrasse de force. Les quatre ou cinq abrutis qui ont essayé de fourrer leur langue dans ma bouche m'ont donné envie de vomir et, au lieu de leur rendre leur baiser, je leur ai flanqué une paire de gifles.

Amusé de voir briller dans les grands yeux limpides de Tess une lueur de colère rétrospective, Callaghan éclata de rire.

— Ce que je viens de vous raconter n'est pas drôle, s'insurgea-t-elle. Vous ne comprenez décidément rien à rien.

— Oh, que si ! rétorqua-t-il après avoir récupéré un peu de son sérieux. Les garçons avec lesquels vous avez eu la malchance de sortir étaient de sombres idiots qui ne s'y connaissaient pas mieux que vous en matière de séduction, et il n'est pas étonnant qu'ils vous aient déplu. Un homme expérimenté vous aurait enseigné l'art du baiser en douceur et se serait montré tellement habile que vous en auriez été toute chavirée.

Sous le regard pénétrant que Callaghan tournait vers elle, Tess sentit ses joues s'enflammer.

— Est-ce parce que vous trouvez mes propos indécents que vous rougissez ? lui demanda-t-il d'un ton suave.

— Absolument pas ! se récria-t-elle. C'est parce qu'il fait au moins quarante-cinq degrés au soleil et que j'ai chaud.

— Quarante-cinq degrés au soleil ? Et pourquoi pas soixante pendant que vous y êtes ? Au cas où ce détail vous aurait échappé, je vous signale que nous sommes au mois de mai, pas en juillet ni en août.

— Bon, d'accord. Je reconnais que vous m'avez… embarrassée.

— Et troublée ?

— Oui.

— Etes-vous curieuse de vérifier si ce que je vous ai dit à propos des hommes est exact ?

— Non, car je suis sûre que vous m'avez raconté des histoires.

— Voilà qui ressemble fort à un défi !

Les traits éclairés d'un sourire, Callaghan sauta à terre, puis saisit Tess par la taille et lentement, très lentement, la fit glisser le long des fontes accrochées à la selle de Tornade. Une brise chargée d'effluves printaniers s'enroulait en sifflotant autour du tronc moussu des vieux chênes qui les encerclaient et, au moindre frémissement des feuilles, un rayon de soleil trouait de flaques dorées le disque d'ombre où s'était arrêté Diamant Noir. A leurs pieds, un ruisseau gonflé par les pluies torrentielles des derniers mois bouillonnait entre ses berges hérissées d'herbes folles et malmenait les galets entassés dans son lit.

Mais, indifférente à la beauté du paysage, sourde au murmure ininterrompu du vent, Tess n'avait d'yeux que pour Callaghan. La veille au soir, lorsqu'elle était montée se coucher après avoir dîné en face de lui et qu'elle avait plongé dans le sommeil, des rêves torrides étaient venus la hanter. Des rêves de draps froissés et de baisers voluptueux dont elle avait émergé à l'aube, le front inondé de sueur et la tête embrumée. « Dommage que tout cela n'ait été que le fruit de mon imagination et que je ne sois pas le genre de fille à pouvoir séduire un homme expérimenté et sûr de son charme, avait-elle pensé avec un petit sourire d'autodérision, car je suis certaine que la réalité dépasserait de loin mes fantasmes. »

— Qu'est-ce qui vous fait croire que je vous ai menti ? demanda Callaghan en lui entourant les épaules d'un bras autoritaire et en la serrant contre lui.

— Ma méfiance naturelle à l'égard des cow-boys, répliqua-t-elle. Aucun d'eux ne sait ce que le mot « douceur » veut dire.

— Alors que vous, vous en connaissez la signification ?

— Oui.

— Dans ce cas, dépêchez-vous de me montrer l'étendue de vos compétences. Comme je n'aime pas qu'on mette ma parole en doute, j'ai hâte de voir si les femmes ont la science infuse et si elles sont moins ignorantes des choses de l'amour que les hommes.

Timidement, presque craintivement, Tess posa ses deux mains sur la chemise en jean délavé que Callaghan portait à même la peau et dont il avait entrebâillé le col, puis explora son torse d'athlète du bout des doigts et, le sentant se raidir, interrompit la ronde de ses caresses.

— Pourquoi vous arrêtez-vous ? lui demanda-t-il, le souffle court.

— Parce que vous n'avez pas l'air de… d'apprécier ce que je fais, balbutia-t-elle. Dès que je vous ai touché, vous avez retenu votre respiration, et votre ventre s'est contracté.

— Mon ventre ! répéta-t-il en ayant un mal fou à garder son sérieux. Je ne crois pas que vous soyez descendue jusque-là.

— Ce que je veux dire, c'est que vos muscles se sont durcis et que…

— De mieux en mieux ! se moqua Callaghan. Je savais que vous ne connaissiez pas grand-chose aux hommes et que vous aviez surestimé vos talents de séductrice, mais j'étais loin de me douter que vous manquiez à ce point d'expérience.

Voyant Tess s'écarter de lui, rouge de honte, et s'abîmer dans la contemplation des milliers de boutons-d'or qui ensoleillaient les berges du ruisseau, il ajouta avec une indulgence amusée :

— Approchez-vous et levez la tête.

— Que je lève la tête ! Pour quoi faire ?

— Devinez !

— Si vous voulez me donner un baiser parce que vous avez pitié de moi, il n'est pas nécessaire que vous vous forciez. Je me suis bien rendu compte que vous ne m'aimiez pas et je refuse de…

— Puisqu'il faut tout vous enseigner, de A à Z, sachez qu'on a le droit d'embrasser quelqu'un sans être amoureux de cette personne et qu'on peut même y prendre beaucoup de plaisir.

— Vous en êtes sûr ?

— Sûr et certain. Il arrive que l'attirance physique et les grands sentiments n'aillent pas de pair… Mais trêve de bavardages ! Vous avez envie de mieux connaître les hommes, et je vais vous y aider.

De crainte que Tess ne lui assène une gifle retentissante et ne le traite encore une fois de sale brute s'il se montrait trop impatient, Callaghan se pencha vers elle et captura avec une infinie douceur les lèvres qu'elle ne songeait pas à lui dérober. Chaudes, humides, savoureuses comme la pulpe d'un fruit défendu, celles-ci s'entrouvrirent sous la caresse et laissèrent échapper une faible plainte, à peine un murmure, qui se mêla au chuchotement de la brise et au joyeux tumulte du ruisseau.

« Cette fille à la bouche ensorcelante que tu serres dans tes bras n'est qu'une gamine, et tu n'as pas le droit de profiter de sa naïveté », rappela à Callaghan une petite voix intérieure, qu'il se hâta de réduire au silence.

Tel un nomade qui aurait trouvé l'oasis de ses rêves après des années de solitude et d'errance dans le désert, il approfondit son baiser pour s'assurer qu'il n'était pas le jouet d'un mirage puis, affamé, assoiffé, s'enivra de volupté jusqu'à en perdre le souffle.

— S'agissait-il simplement de… d'une leçon ? lui demanda Tess dès qu'il eut relâché son étreinte et redressé le front au prix d'un violent effort.

— Non, jeta-t-il, incapable d'analyser l'étrange fièvre qui s'était emparée de lui. C'était plus, beaucoup plus que cela, mais n'allez pas en déduire que je suis tombé amoureux de vous et que je vais vous supplier de m'épouser. J'ai dépassé les limites que je m'étais fixées parce qu'il est difficile de se maîtriser quand il y a des années qu'on n'a pas tenu une femme dans ses bras.

— Ne craignez rien, je n'ai pas l'habitude de me monter la tête.

— Tant mieux, car je ne voudrais pas que vous vous emballiez et que vous soyez déçue.

— Promettez-moi de ne pas leur parler du baiser que nous venons d'échanger à vos frères quand vous les verrez. Si vous leur dites que je vous ai laissé me toucher, ils croiront que je suis une fille facile et que je…

— Comment pourrais-je raconter quoi que ce soit à ces deux crétins ? Ils sont tellement impatients de me caser qu'ils nous pousseraient vers l'autel, pieds et poings liés, avant que nous n'ayons eu le temps de reprendre nos esprits. Léo et Rey aiment bien se mêler de ce qui ne les regarde pas, et nous avons intérêt à nous méfier d'eux. Ce qui s'est passé entre nous cet après-midi n'a été qu'une banale péripétie. Il est donc inutile que nous leur décrivions la scène et qu'ils en fassent tout un roman.

Une banale péripétie, la merveilleuse étreinte qui les avait soudés l'un à l'autre ?… Absurdement désappointée, Tess enfourcha Tornade avec des gestes maladroits et s'éloigna au petit trot de la berge du ruisseau.

— Où allons-nous maintenant ? demanda-t-elle à Callaghan dès qu'il l'eut rattrapée.

— Dans la châtaigneraie que vous apercevez là-bas, au bout du sentier, l'informa-t-il. Quand nous aurons réussi à débusquer les bœufs qui doivent s'y cacher, nous retournerons au ranch et vous pourrez monter vous reposer.

— Ce ne sera pas de refus, murmura Tess. Je suis éreintée.

« Et triste à pleurer », songea-t-elle, les yeux embués de larmes.

5.

— Cag m'a dit que vous souhaitiez reprendre vos études, dit Léo à Tess cinq semaines plus tard. Où avez-vous l'intention de vous inscrire ?

— A l'école professionnelle du comté, l'informa-t-elle avec un petit rire nerveux. J'aimerais obtenir un diplôme d'horticultrice, mais il n'est pas certain que j'habite encore à Jacobsville en septembre. Votre frère a l'air de me trouver tellement incompétente qu'il va sans doute me licencier avant l'automne. Depuis la mi-mai, il ne m'adresse la parole que pour me critiquer et, chaque fois que nous sommes face à face, il me fusille des yeux comme si j'étais responsable de l'augmentation des gaz à effet de serre et du réchauffement climatique. Connaissez-vous les raisons de cette antipathie ?

« Oui, rétorqua Léo au fond de lui-même. Cag fait semblant de vous détester parce qu'il est amoureux de vous et qu'il vous en veut d'avoir réussi à briser la carapace dans laquelle il s'était enfermé à son retour du Moyen-Orient. Plutôt que de vous avouer ce qu'il éprouve et de se mettre en danger, il préfère vous rabrouer. »

— Ne vous laissez pas abattre, conseilla-t-il à Tess. Il est vrai que Cag a un caractère de chien et qu'il n'a pas été très gentil avec vous ces dernières semaines, mais je suis persuadé qu'il vous apprécie beaucoup et qu'il serait désolé si vous décidiez de quitter le Circle H.

— J'aimerais partager votre optimisme !

— Au lieu de prendre au pied de la lettre toutes les méchancetés qu'il vous dit et de vous démoraliser, vous devriez ignorer ce vieux grognon et ne penser qu'à vos projets.

— Oh ! je ne suis pas démoralisée, loin de là. Je… je vais très bien, je vous assure.

— A voir vos joues pâles et vos yeux cernés, on ne le croirait pas. Est-ce parce que vous manquez de sommeil que vous avez une mine de papier mâché ? Ou parce que vous travaillez trop ?

« Parce que je manque de sommeil, répliqua secrètement Tess. J'ai du mal à m'endormir le soir et, quand j'y arrive enfin, votre frère vient me narguer jusque dans mes cauchemars. »

— Quel affreux ronchon, ce Callaghan Hart ! s'était lamentée Jane Lewis au début de la semaine précédente. Je parie qu'il s'est entiché d'une petite pimbêche qui le mène par le bout du nez et que cela le rend fou de ne pas pouvoir contrôler la situation. Les hommes tels que lui préfèrent agir que de subir et ont horreur d'être dominés.

— Qu'est-ce que… qu'est-ce qui vous fait dire qu'il est amoureux, madame Lewis ? avait bredouillé Tess, les lèvres exsangues.

— Sa mauvaise humeur chronique. Je sais que ce n'est pas un joyeux drille, mais, ces derniers temps, il est encore plus bougon que d'habitude. Comme il sort souvent le week-end, je ne serais pas étonnée qu'il ait rencontré une jolie fille dans une boîte de nuit de Victoria et qu'elle essaie de lui mettre le grappin dessus. Vous allez voir qu'il va l'amener au ranch un beau matin et qu'ils ne tarderont pas à se fiancer.

« Pourquoi suis-je aussi triste à l'idée que Callaghan se soit épris d'une ravissante jeune femme et qu'il veuille se marier ? s'était demandé Tess en regagnant sa chambre d'un pas lourd. Parce que j'ai peur de ne pas plaire à sa future épouse et d'être licenciée ? Ou parce que je l'aime à la folie et que je ne supporterais pas de le perdre ? »

— Parce que je l'aime à la folie, s'était-elle avoué dans un murmure étranglé.

De crainte que ses sentiments ne puissent se lire sur son visage, elle avait décidé de tenir Callaghan à distance et de s'éclipser dès la fin des repas. Au lieu de s'éterniser au coin de la cheminée, comme elle l'avait toujours fait, et de passer ses soirées à broder des napperons ou à tricoter des cardigans, elle montait se réfugier sous les combles et allumait le petit téléviseur que son père lui avait offert quelques années auparavant. Les seules émissions qu'elle arrivait à capter étaient des talk-shows soporifiques, mais mieux valait bâiller d'ennui que de rester en tête à tête avec un mufle grincheux dont on avait eu la faiblesse de tomber amoureuse.

Trois semaines plus tard, par un bel après-midi d'été, Léo conseilla à Tess d'aller apporter des sandwichs et une canette de bière fraîche à Callaghan, qui était parti couper les foins dans l'une des prairies du Circle H.

Vêtue d'un short en jean et d'un T-shirt gris, une grosse glacière rouge cerise à la main, elle dévala un layon qui folâtrait entre deux haies d'églantiers, puis ralentit le pas et s'approcha, non sans réticence, de l'énorme tracteur que conduisait Callaghan.

« Je parie que c'est Léo qui lui a demandé de

venir me rejoindre, songea ce dernier en s'arrêtant au milieu du pré et en sautant à terre, le torse emperlé de sueur. S'il ne le lui avait pas ordonné, elle aurait préféré me laisser mourir de soif que de se retrouver seule à seul avec moi. Et, vu la manière dont je l'ai traitée ces derniers temps, je ne peux pas lui en vouloir. »

Conscient d'avoir fait preuve d'une inqualifiable goujaterie, mais trop fier pour présenter des excuses à Tess et pour lui avouer que, malgré leur différence d'âge, il était tombé follement, passionnément, désespérément amoureux d'elle, il la regarda traverser la prairie d'une démarche hésitante et grimaça un sourire.

— Qui vous a conseillé de voler à mon secours ? l'interrogea-t-il après avoir essuyé ses mains à l'aide d'un chiffon.

— Léo, murmura-t-elle. Il m'a dit que vous risquiez de vous déshydrater en plein soleil et m'a demandé de vous apporter une canette de bière.

— Ah ! je savais bien que c'était lui qui vous avait soufflé cette idée. S'il ne vous avait pas obligée à venir me rejoindre, vous ne vous seriez même pas donné la peine de vous déplacer.

Tess lâcha la glacière et baissa la tête comme une enfant prise en faute.

— Puisque vous vous fichez royalement de ce qui pourrait m'arriver, il est inutile que vous me teniez compagnie plus longtemps, lui dit Callaghan d'un ton rogue. Au lieu de rester plantée là, retournez au ranch et regardez où vous mettez les pieds. J'ai aperçu deux crotales pendant que je conduisais mon tracteur, et il ne faudrait pas qu'ils vous mordent.

— Je serai très prudente, ne vous inquiétez pas, répliqua-t-elle.

— Vous, prudente ? Laissez-moi rire ! Lorsque vous avez traversé la prairie, vous aviez le nez en l'air et vous vous moquiez pas mal des serpents. Qu'étiez-vous en train d'admirer ?

— Des corbeaux qui volaient au-dessus d'un vieil arbre en croassant. Il est vrai que j'ai eu un moment d'inattention à cause d'eux, mais je ne suis ni une écervelée ni une casse-cou.

— Si vous aviez un gramme de bon sens, vous auriez chaussé des bottes avant de quitter la maison, pas des espadrilles.

Voyant Tess réprimer un frisson, Callaghan lui décocha un regard irrité.

— Pourquoi tremblez-vous ? lui demanda-t-il avec brusquerie. Parce que je vous terrorise ? Depuis notre balade à cheval, vous me traitez comme un pestiféré. Quand vous venez me servir une tasse de café dans la bibliothèque, vous laissez la porte grande ouverte et vous vous sauvez dès que vous avez posé votre plateau sur mon bureau. Que craignez-vous ? Que je vous arrache vos vêtements et que je vous vole votre précieuse vertu ?

— Non. Je… je m'efforce juste de ne pas vous déranger.

— A d'autres ! Chaque fois que vous vous retrouvez à moins d'un mètre de moi, vous êtes tellement effrayée que je vous entends claquer des dents. Si vous vous imaginez que je suis sensible à votre charme et que je meurs d'envie de vous attirer dans mon lit, vous pouvez dormir sur vos deux oreilles. J'aime mieux les vraies femmes au caractère bien trempé et aux formes généreuses que les jeunes filles à peine sorties de l'enfance qui ont peur de leur ombre et qui ressemblent à des valets d'écurie !

Mortifiée par le ton caustique qu'avait employé Callaghan et par le regard méprisant dont il la toisait, Tess lui tourna le dos et s'enfuit à toutes jambes.

— Je le déteste, lança-t-elle aux quatre vents. Je le déteste comme je n'ai encore jamais haï qui que ce soit et je voudrais que le ciel lui tombe dessus dès que son fichu tracteur aura redémarré.

Trop furieuse contre lui pour suivre le sage conseil qu'il lui avait donné et pour se préoccuper des dangers qui la menaçaient, elle se dirigea vers les bottes de foin qu'il avait alignées à l'entrée de la prairie, puis heurta du pied un amas de cailloux et vit se dresser sous ses yeux brouillés de larmes la tête mordorée d'un crotale.

« Oh, mon Dieu ! pensa-t-elle en entendant un bruit de crécelle et en se figeant, le cœur bloqué. Cette sale bête va me tuer. »

Mais, au moment même où elle allait s'évanouir d'effroi, quelque chose de métallique lui frôla la cheville et vint sectionner le cou du serpent.

— Ne pleurez pas, mon ange, vous ne risquez plus rien, lui dit Callaghan avant de se précipiter vers elle et de l'embrasser à perdre haleine.

Brûlant, intense, passionné, le baiser se prolongea jusqu'à ce que des cris résonnent au bout du layon.

— J'étais dans le corral d'à côté quand tu t'es mis à piquer un sprint, Cag, hurlait Léo. Que t'est-il arrivé ?

— Ce n'est pas à moi que tu devrais poser cette question, c'est à Tess, grommela Callaghan dès que son frère l'eut rejoint. Elle a marché sur la queue d'un crotale, et il a failli la mordre. Si je n'avais pas eu mon couteau de chasse à portée de main, il lui aurait injecté une telle dose de venin que personne n'aurait pu la sauver.

— Bravo pour ta rapidité d'esprit et pour la précision de tes gestes ! s'exclama Léo en écartant du bout de ses bottes la tête sanguinolente du serpent. Lorsque tu en auras assez de t'occuper de notre bétail, tu n'auras qu'à aller offrir tes services à un directeur de cirque, et il te fera un pont d'or.

— Merci de ta suggestion, mais je n'ai aucune envie de changer de métier.

— Où as-tu appris à manier l'arme blanche ? Dans un camp militaire ?

— Oui. Quand on est envoyé en mission à l'autre bout du monde, on a intérêt à savoir se défendre.

Pressé de détourner la conversation et d'oublier les horreurs des guerres auxquelles il avait participé, Callaghan se pencha vers Tess et lui effleura les cheveux d'un doigt réconfortant.

— Séchez vos larmes et inspirez à fond, lui conseilla-t-il. Vous êtes en sécurité, maintenant.

— Pourquoi vous êtes-vous mise à courir au lieu de quitter la prairie tranquillement ? demanda Léo à la jeune femme. Pendant la fenaison, il y a toujours des dizaines de crotales qui rampent dans l'herbe, prêts à cracher leur venin, et on doit être vigilant.

— Ne la sermonne pas, dit Callaghan à son frère. Ce n'est pas sa faute si elle a commis une imprudence, c'est la mienne. Je lui avais dit des choses désagréables, et elle n'avait plus la tête à ce qu'elle faisait.

Les épaules secouées de frissons incoercibles, Tess leva sur Léo un regard implorant.

— Pourriez-vous me raccompagner ? demanda-t-elle d'une voix ténue. J'ai eu tellement peur que je ne me sens pas capable de rentrer seule à la maison.

— Voulez-vous que je vous prenne dans mes bras et que je vous porte ? lui proposa-t-il gentiment.

— Non, merci. Je préfère marcher.

Callaghan ramassa son couteau de chasse dans un silence de plomb, puis le glissa au fond de sa poche et regagna son tracteur à grandes foulées.

— Quel caractériel, celui-là ! maugréa Léo en entraînant Tess vers le chemin piqueté de coquelicots qui longeait la prairie. Que vous avait-il donc raconté pour que vous vous enfuyiez ?

— Les mêmes choses que d'habitude, répondit-elle avec un soupir de lassitude. Vu la piètre opinion qu'il a de moi, je me demande ce qui le retient de me licencier. En décembre, il m'avait dit que je pourrais rester au Circle H jusqu'à la fin de l'hiver. Ensuite, à son retour de Dallas, il m'avait conseillé de ne partir qu'au début de l'été. Or, on est déjà à la mi-juillet, et rien n'a changé. Chaque matin, je m'attends à ce qu'il me convoque dans la bibliothèque et à ce qu'il me somme de débarrasser le plancher, mais les semaines passent et il n'a pas l'air de vouloir prendre la moindre décision à ce sujet.

« Forcément ! faillit s'exclamer Léo. Il est tellement amoureux de vous qu'il a peur de vous perdre. »

— Quels que soient les innombrables défauts de Callaghan, je n'ai pas le droit de le critiquer, car c'est grâce à lui que je suis encore en vie, ajouta Tess. Mon père avait un couteau de chasse semblable au sien et, quand il était obligé de s'en servir, il n'atteignait sa cible qu'une fois sur dix.

— Cag, lui, est un vétéran de l'armée. Il est donc normal qu'il fasse mouche à tous les coups et qu'il sache se défendre mieux que personne.

— Il paraît qu'un dénommé Turkey Sanders a manqué de respect à une jeune femme un soir et que vous avez dû lui casser vous-même la figure de crainte que Callaghan ne s'en charge.

— Qui vous a parlé de cela ?

— Dorie. Elle m'a dit que vous vous méfiiez des talents de boxeur de votre frère et que vous préfériez vous substituer à lui plutôt que de le laisser régler les problèmes à sa façon.

— L'ennui avec Cag, c'est qu'il ne sent pas sa force et qu'il serait capable de tuer quelqu'un d'un simple uppercut. Depuis qu'il est rentré du Moyen-Orient, il est très irascible et déteste la contradiction.

— Inutile de me le préciser ! Je m'en suis aperçue. Dès que j'ouvre la bouche pour lui donner mon opinion, il m'envoie promener.

— Que faites-vous lorsqu'il se permet de vous rembarrer ?

— J'essaie de ne pas me vexer et je pense à autre chose. Le principal est que je me plaise au Circle H et que je touche un bon salaire.

— Vous avez raison d'être aussi philosophe, car un jour viendra où tout s'arrangera, vous verrez.

Le soir même, après le dîner, Callaghan demanda à Léo de le suivre dans la bibliothèque et se percha sur un coin de son bureau, la mine sombre.

— De quoi veux-tu me parler ? l'interrogea son frère. De ce qui est arrivé à Tess ?

— Oui. Et de la manière dont tu t'es conduit avec elle. Quand tu lui as proposé de la prendre dans tes bras, j'ai trouvé ton attitude tellement indécente que j'ai failli te taper dessus.

— Ah ! c'est pour cela que tu m'as assassiné des yeux et que tu as rangé ton couteau dans un silence de mort. J'ai cru que tu allais me décapiter comme un vulgaire serpent.

— L'idée m'a effleuré, je l'avoue, mais j'ai préféré te laisser la vie sauve et patienter jusqu'à ce que nous soyons seuls pour te passer un savon.

— Trop aimable ! Dois-je me prosterner à tes pieds et te remercier de ta mansuétude ?

— Au lieu de faire le guignol, écoute ce que j'ai à te dire et tâche de ne pas l'oublier.

— Vas-y, grand frère, je suis tout ouïe.

— Bien que Tess ait vingt-deux ans, elle est encore vierge, et je te défends de lui tourner autour. Rey, toi et moi, nous sommes ses patrons et nous n'avons pas le droit de profiter de sa naïveté, car ce serait contraire à nos principes et à la législation du travail.

Un sourire gouailleur se dessina sur les lèvres de Léo.

— Dommage que tu n'aies pas songé à mettre tes belles théories en pratique cet après-midi ! s'exclama-t-il. Quand je suis sorti du corral et que j'ai dévalé le sentier, je t'ai vu te précipiter vers Tess et l'enlacer amoureusement. Pourquoi, au lieu de l'étouffer sous tes baisers, ne t'es-tu pas contenté de lui prendre la main ?

— Parce qu'elle avait besoin d'être réconfortée, voilà pourquoi ! jeta Callaghan entre ses dents. A aucun moment, je n'ai abusé de mon statut d'employeur. J'ai juste voulu insuffler un peu de courage à Tess.

— « Insuffler » est le terme adéquat. En te regardant l'embrasser, j'ai cru qu'elle s'était trouvée mal et que tu lui faisais du bouche-à-bouche.

— Tu ne t'es pas trompé. La respiration artificielle est une technique qu'on m'a enseignée à l'armée et que je maîtrise mieux que quiconque.

— C'est ce que j'ai remarqué. A défaut de devenir lanceur de couteaux dans un cirque, tu pourrais passer ton brevet de secouriste et sauver de l'asphyxie les baigneurs imprudents qui s'aventurent un peu trop loin des côtes.

— Arrête de raconter des bêtises ! Je t'ai déjà dit que je n'avais pas envie de me recycler.

— Parlons plutôt de Tess, alors ! As-tu l'intention de la laisser s'inscrire à l'école professionnelle de Jacobsville cet automne ?

— Oui. Elle rêve d'étudier la botanique, et je n'ai aucune raison de m'y opposer.

— L'autoriseras-tu à rester chez nous jusqu'à ce qu'elle ait décroché son diplôme d'horticultrice ?

— Bien sûr ! Mais, une fois qu'elle se sera liée d'amitié avec ses copains de classe, cela m'étonnerait qu'elle s'éternise au Circle H. Ce dont elle a besoin, c'est de fréquenter des garçons de son âge, pas de tenir compagnie à de vieilles badernes comme toi et moi.

— A de vieilles badernes ! releva Léo, mi-amusé, mi-indigné. Tu as de ces mots !

Et, les yeux brillants de malice, il ajouta :

— Puisque tu es impatient de lui trouver un fiancé, tu vas être aux anges. Sandy Gaines, le nouvel adjoint de Rey, n'a que vingt-cinq ans et plaît énormément à Tess. Il s'est rendu à Saint Louis le week-end dernier et lui a rapporté un ours en peluche, qu'elle a mis sur son lit.

— Elle ne peut pas être tombée amoureuse de ce gringalet, allons ! Il n'a que la peau et les os.

— Si tu ne veux pas qu'il l'invite au cinéma ou au restaurant, coupe-lui l'herbe sous le pied.

— De quelle façon ?

— En cessant de jouer la comédie et en avouant à Tess que tu l'aimes.

Callaghan sauta à bas de son bureau et se mit à arpenter la moquette au point d'y creuser des sillons.

— Ça se voit tant que cela ? demanda-t-il, les mâchoires crispées.

— Non, répondit Léo pour le rassurer. Nos employés ne te connaissent pas assez pour deviner ce que tu éprouves, mais moi qui suis ton frère, je sais ce qu'il y a au fond de ton cœur et je pense que tu as tort d'étouffer tes sentiments.

— Tess est tellement jeune et tellement immature que je ne peux pas prendre le risque de sortir avec elle. A son âge, on préfère changer de petit ami tous les quatre matins que de se fiancer à un homme de trente-huit ans et de lui rester fidèle. Si je lui proposais de m'épouser et qu'elle acceptait, elle regretterait de m'avoir sacrifié sa liberté et n'hésiterait pas à me tromper.

— Est-ce parce que tu as peur de souffrir que tu critiques le moindre de ses gestes et que tu lui dis des horreurs chaque fois que tu lui adresses la parole ?

— Oui. Comme je ne tiens pas à revivre ce que j'ai enduré à mon retour d'Irak, j'aime mieux me faire détester d'elle que d'être trop gentil et de tomber dans le même piège qu'autrefois. Avant son arrivée à Jacobsville, je n'étais attiré par aucune des femmes que je connaissais et je me croyais immunisé contre les coups de foudre, mais, le week-end où son père l'a amenée au Circle H, je l'ai trouvée tellement jolie avec ses grands yeux bleus, ses boucles cuivrées et sa silhouette androgyne que j'ai oublié toutes mes belles résolutions.

— Au lieu de la rudoyer jusqu'à ce qu'elle finisse par te haïr, tu devrais lui demander ce qu'elle éprouve et agir en conséquence.

— Que veux-tu qu'elle éprouve, sinon de la peur et du dégoût ?

— Quand je l'ai vue se serrer dans tes bras cet après-midi, je n'ai pas eu l'impression que tu l'effrayais ni que tu lui répugnais. Il m'a plutôt semblé qu'elle était folle de toi et qu'elle avait hâte de te rendre ton baiser.

— Si ce que tu dis est vrai, il est urgent qu'elle quitte la maison et qu'elle cherche du travail loin de Jacobsville.

— Comme elle se plaît ici et que nous lui

versons un bon salaire, elle ne partira pas de son plein gré.

— Qu'elle reste au Circle H ou qu'elle s'en aille, il est hors de question que je l'épouse.

— Pourquoi ? Tu n'as pas envie de te marier et de fonder une famille ?

— Non. J'ai déjà un neveu, et ça me suffit.

— Le fils de Corrigan et de Dorie ressemble à son papa, alors que le tien serait peut-être tout ton portrait. Tu n'aimerais pas avoir un petit garçon aux cheveux bruns et au visage renfrogné ?

Callaghan saisit le presse-papiers en bronze qui trônait sur son bureau et fit mine de le lancer à la tête de Léo.

— Du calme ! s'écria ce dernier. Je retire ce que j'ai dit. Si Tess te donne un jour des enfants, ils auront probablement de superbes yeux bleus, de jolies boucles rousses et un caractère en or comme leur maman.

— Tu oublies qu'il y a seize ans d'écart entre elle et moi et qu'il serait malhonnête de ma part de lui passer la bague au doigt.

— Calhoun et Abby Ballenger ne sont pas de la même génération, eux non plus, mais cela ne les empêche pas de former un couple uni. Evan et Anna Tremayne sont également très heureux ensemble en dépit de leur différence d'âge. Et ne parlons pas de Ted et de Coreen Regan, qui ont l'air d'être sur un petit nuage depuis qu'ils se sont mariés ! Lundi dernier, j'ai rencontré Ted en ville et j'ai failli ne pas le reconnaître, tellement il avait rajeuni.

— Quand il a demandé la main de Coreen, les habitants de Jacobsville ont dû jaser.

— Et alors ? Tu ne vas tout de même pas rester célibataire à cause de ta peur des cancans !

— Ce ne sont pas les cancans qui m'effraient, c'est ce que me réserve l'avenir. Si j'épouse Tess et qu'elle me quitte, je souffrirai comme un damné.

— Libre à toi de ne prendre aucun risque et de laisser Sandy Gaines marquer des points ! Il est élégant, cultivé et il vient de s'acheter une Corvette rouge qui va lui valoir un succès fou auprès des filles.

— Tess se moque éperdument des m'as-tu-vu qui portent des costumes griffés et qui conduisent de belles voitures.

— Si tu crois qu'elle préfère les cow-boys mal embouchés, tu te trompes. Les femmes aiment qu'on leur chuchote des mots doux à l'oreille. Il ne serait donc pas étonnant que Tess succombe au charme de Gaines et qu'elle s'en morde les doigts.

— Pourquoi voudrais-tu qu'elle regrette d'être sortie avec lui ?

— Parce que ce n'est pas quelqu'un de fréquentable. Les serveuses du Shea's m'ont dit qu'il ne tenait pas l'alcool et que, quand il avait bu trop de whisky, il pouvait se montrer très entreprenant.

— Tess ne le laissera pas faire. Au moindre geste déplacé, elle le frappera.

— A condition qu'elle en ait la force. Elle pèse à peine cinquante kilos, toute mouillée, et n'a jamais suivi de cours d'autodéfense.

— Comme ce minable n'a aucune chance de lui plaire, il est inutile de s'inquiéter.

Le surlendemain, Sandy Gaines demanda à Tess de l'accompagner au bal qui devait avoir lieu dans la salle des fêtes de Jacobsville à la fin de la semaine et, fatiguée des reproches dont l'abreuvait Callaghan, elle accepta l'invitation sans hésiter.

6.

Le vendredi suivant, lorsque Tess dévala les marches du perron et s'engouffra dans la belle voiture aux chromes étincelants de Sandy Gaines, Callaghan sentit une flambée de jalousie accélérer son pouls. « Elle aurait tout de même pu choisir une tenue moins indécente ! » fulmina-t-il à la vue de la robe au décolleté plongeant qu'il lui avait achetée au mois d'avril et qu'elle portait avec la grâce d'un top model.

— Ramenez-la à minuit au plus tard, Gaines, dit-il d'un ton péremptoire.

— Entendu, monsieur Hart, répondit l'adjoint de Rey avant de se glisser derrière le volant de sa Corvette, un petit sourire aux lèvres.

« Si ses yeux étaient des pistolets, Sandy serait déjà mort et enterré, songea Tess en attachant sa ceinture de sécurité et en coulant un regard furtif vers Callaghan. Peut-être aurais-je dû lui demander la permission d'aller au bal et de…

Oh ! et puis, non. Il n’est ni mon petit ami ni mon fiancé, et ce n’est pas parce qu’il m’a embrassée la semaine dernière que cela l’autorise à se mêler de ma vie privée. »

— Pour qui se prend-il, ce tyran ? grommela Sandy après avoir quitté la cour du ranch dans un envol de gravillons. Pour ton père ?

— Il n’est pas le seul à veiller sur moi, répliqua Tess. Ses frères me considèrent également comme une gamine et croient que j’ai besoin d’être protégée.

— Mais lui a l’air encore plus possessif que Léo et Rey. A voir la tête d’enterrement qu’il a faite quand je me suis arrêté au bas du perron et que tu es descendue me rejoindre, on aurait dit que tu étais sa propriété et qu’il m’en voulait d’avoir piétiné ses plates-bandes. Qu’y a-t-il entre vous deux ?

— Un simple contrat de travail. Je suis son employée, pas sa fille ni son esclave, et je n’ai aucun compte à lui rendre.

— Tant mieux, car je n’aimerais pas qu’il te bombarde de questions à notre retour au Circle H. Je suis trop heureux que tu aies accepté d’être ma cavalière pour laisser cet arrogant de Callaghan Hart tout gâcher.

— Il ne gâchera rien, je te le promets. Que

cela lui plaise ou non, je te suis reconnaissante de m'avoir invitée au bal et j'espère que nous allons passer une très bonne soirée ensemble.

— Attends que nous soyons arrivés et tu te féliciteras de m'avoir accompagné. Je suis le meilleur danseur de la région.

Le meilleur, peut-être pas, mais le plus collant et le plus direct, certainement... Dès que les premières mesures d'un slow langoureux s'élevèrent sous les lustres de la salle des fêtes, Sandy serra Tess contre lui et promena une main audacieuse dans son dos.

— J'ai une de ces soifs ! s'exclama-t-il quand l'orchestre changea de partition et entama un rock endiablé. Pendant que je vais boire une goutte de champagne et un baby, tu devrais sortir prendre l'air. On étouffe, ici.

Pressée de se dérober aux regards enflammés que lui lançaient les cow-boys agglutinés le long du bar, Tess se rua vers la terrasse dallée de marbre blanc qui dominait du haut de ses colonnettes le jardin public de Jacobsville.

A peine s'était-elle accoudée à la rambarde et plongée dans la contemplation d'un palmier dont le tronc s'argentait au clair de lune que Sandy la rejoignit d'une démarche titubante.

— T'ai-je déjà dit que je te trouvais drôlement

bien roulée ? s'enquit-il en lui encerclant la taille et en lui balayant le front de son haleine avinée. Maintenant que les frères Hart ne sont plus là pour nous enquiquiner, nous allons nous amuser comme des fous.

Le cœur au bord des lèvres, Tess sentit des doigts impatients arracher les quatre premiers boutons de son corsage et lui pétrir les seins.

— Lâche-moi, espèce d'ivrogne ! hurla-t-elle dans l'espoir que quelqu'un l'entendrait crier et volerait à son secours.

Mais personne — ni les cow-boys massés le long du comptoir, ni les serveurs qu'elle voyait s'activer derrière les portes vitrées de la salle des fêtes, ni les conseillers municipaux qui présidaient le bal — ne vint lui offrir son aide.

Galvanisé par les coups de pied qu'elle lui décochait, Sandy resserra son étreinte et lui planta sur la bouche un baiser au goût de champagne et de whisky.

— Au lieu de te débattre, tu devrais te laisser faire, ma jolie, maugréa-t-il juste avant que Callaghan ne jaillisse du hall d'accueil et ne lui assène un coup de poing en pleine figure.

Pendant que les deux hommes se défiaient du regard comme des boxeurs sur un ring, Tess s'écarta de la balustrade et plaqua ses mains l'une contre l'autre pour les empêcher de trembler.

— Allez m'attendre dans ma jeep, lui ordonna Callaghan. Je vous rejoins dans une minute.

Les jambes flageolantes, incapable de proférer le moindre mot, elle descendit en vacillant l'escalier qui menait à la place de la mairie, puis s'engouffra à l'intérieur du 4x4 et balaya d'un œil morne le fronton de l'hôtel de ville.

— Couvrez-vous, lui intima Callaghan en se mettant au volant quelques secondes plus tard. Ce salaud de Gaines a déchiré votre robe.

— Je... j'ai essayé de me défendre, bredouilla-t-elle après avoir enroulé autour de ses épaules frissonnantes la veste en jean délavé qu'il avait posée sur la banquette arrière, mais je n'ai pas pu le repousser. Si je m'étais doutée qu'il ne tenait pas l'alcool et qu'il deviendrait fou après avoir vidé une flûte de champagne et un verre de scotch, je ne l'aurais pas accompagné au bal.

— Pourquoi avez-vous accepté son invitation au lieu de l'envoyer paître ?

— Parce qu'il me faisait un tas de compliments et qu'il m'offrait des cadeaux. Comme il restait toujours très correct, je pensais que c'était un gentleman et que je n'aurais rien à craindre de lui.

— Vous ne connaissez décidément pas grand-chose aux hommes. A vingt-deux ans, vous devriez savoir qu'il vaut mieux fuir les beaux parleurs que de les écouter.

— Oh ! je suis moins naïve que vous ne l'imaginez. Je n'ai peut-être pas autant d'expérience que les autres filles de mon âge, mais il y a des années que j'ai appris à me méfier des don Juan de pacotille qui se croient séduisants et qui n'hésitent pas à employer la force chaque fois qu'on ose leur résister.

— En aviez-vous déjà rencontré avant de sortir avec cette ordure de Sandy Gaines ?

— Oui, hélas ! Le soir de mon seizième anniversaire, j'ai failli me faire violer par un play-boy de la pire espèce dont ma mère s'était amourachée et qui adorait la rendre jalouse. Pendant qu'elle se pomponnait au rez-de-chaussée de l'hôtel où nous étions descendus, il m'a rejointe dans ma chambre et s'est jeté sur moi. Quand il m'a arraché mes vêtements et qu'il s'est mis à me caresser les seins, j'ai poussé un tel cri que mon père a jailli du couloir et l'a flanqué dehors en le traitant de tous les noms. Bien que je n'aie pas revu ce sale type par la suite, je me souviens encore de son regard concupiscent et de son sourire carnassier.

— A la place de Cray, je ne me serais pas contenté de l'insulter, je l'aurais tué de mes propres mains, bougonna Callaghan avant d'empoigner sa clé de contact et de démarrer dans un vrombissement d'enfer.

Une fois arrivé au Circle H, il accompagna Tess jusqu'au fond de la bibliothèque, puis l'aida à s'asseoir sur le canapé dont les coussins de velours havane chatoyaient sous un bow-window et extirpa de son minibar une bouteille de brandy.

— Buvez, intima-t-il en lui offrant le verre qu'il avait rempli à ras bord et en s'installant à côté d'elle. Vous avez besoin d'un remontant.

Trop choquée pour élever la moindre objection, elle avala une longue gorgée d'alcool et faillit s'étouffer.

— Savez-vous ce qu'on dit des mauvais souvenirs ? lui demanda Callaghan dès qu'elle eut repris son souffle. Que le meilleur moyen de les effacer est d'en engranger d'autres, beaucoup plus agréables, dans sa mémoire. Le cerveau humain ressemble au disque dur d'un ordinateur : on peut supprimer les données qu'on y a enregistrées et en stocker de nouvelles.

— Est-ce une technique que vous avez déjà utilisée ?

— Non, mais rien ne m'empêche de la tester dès maintenant et de voir si elle est efficace.

— Comment comptez-vous procéder ?

— Comme ceci.

Une lueur indéfinissable au fond des yeux, Callaghan posa sur son bureau le verre à liqueur que Tess tenait entre ses jolis doigts effilés, puis inclina lentement la tête et déversa une kyrielle de baisers le long des joues brûlantes de la jeune femme.

— Est-ce de peur ou de froid que vous tremblez ? murmura-t-il en la sentant frissonner.

— De peur, avoua-t-elle tout bas.

— Vous n'avez pourtant aucune raison d'être effrayée. Après l'horrible soirée que vous avez passée avec Sandy Gaines, j'aurais honte d'imiter cette crapule et de vous embrasser contre votre gré.

— Qu'allez-vous faire, alors ?

— Vous initier à certains plaisirs auxquels vous n'avez pas encore eu l'occasion de goûter.

— Si vous m'aimiez, je comprendrais que vous vouliez me servir de guide et m'aider à oublier les mauvais souvenirs que j'ai gardés de mon adolescence, mais je vous suis tellement antipathique que…

— Qui vous a dit que vous m'étiez antipathique ?

— Vous-même. Quand je vous ai apporté une canette de bière et des sandwichs la semaine dernière, vous m'avez reproché de ne pas être une vraie femme et de ressembler à un valet d'écurie.

— Ce n'est pas parce que je vous déteste que je vous ai souvent rabrouée depuis que vous travaillez au Circle H, c'est parce que j'ai terriblement envie de vous et que je n'ai pas trouvé d'autre moyen de vous protéger.

— Terriblement envie de moi ! répéta Tess, éberluée. Vous êtes sérieux ?

— On ne peut plus sérieux. Si notre différence d'âge ne m'avait posé aucun cas de conscience et si je n'avais pas eu peur de vous effaroucher, il y a une éternité que je vous l'aurais avoué.

— Je… je ne savais pas que je vous plaisais.

— Cela n'a rien d'étonnant. Vous êtes trop modeste et trop innocente pour vous rendre compte de la fascination que vous exercez sur les hommes. Quand nous sommes seul à seule, j'ai du mal à garder mes distances, et vous ne vous en apercevez même pas.

Callaghan fit tomber au pied du sofa la veste

en jean que Tess avait enroulée autour de ses épaules, puis écarta les pans de soie bleu saphir qui bruissaient au moindre de ses gestes et libéra de leur prison de dentelle les trésors dont il brûlait de s'emparer.

— Vous aussi, vous avez envie de moi, déclara-t-il d'une voix saccadée en contemplant les deux globes de chair veloutée qui palpitaient dans ses mains et en dessinant sur leurs pointes érigées des arabesques de feu.

« Jamais je n'oublierai ce moment, se dit Tess, des milliers de frissons à fleur de peau. Chaque fois que je franchirai le seuil de la bibliothèque et que je verrai chatoyer les coussins du canapé, je revivrai cette scène par la pensée et j'aurai l'impression de toucher le ciel. »

— Pourquoi a-t-il fallu que vous mettiez cette robe en l'honneur de Gaines ? grommela tout à coup Callaghan, un doigt pointé vers les boutonnières galonnées d'indigo que Sandy avait déchirées.

— Parce que je… parce que je n'ai pas l'habitude d'aller au bal et que j'ai voulu être élégante, bredouilla Tess, désarçonnée. Si c'était vous qui m'aviez invitée, j'aurais été encore plus fière de la porter.

— Au lieu de laisser un autre homme vous

emmener danser, j'aurais dû vous accompagner et vous protéger. Quand je vous ai vue grimper dans la voiture de Gaines ce soir, je me suis souvenu de ce que m'avait confié Léo la semaine dernière et j'ai eu comme une prémonition.

— Que vous avait dit votre frère ?

— Que l'adjoint de Rey ne tenait pas l'alcool et que les serveuses du Shea's avaient déjà eu à se plaindre de lui. Sur le moment, je ne m'étais pas inquiété, car je pensais que Gaines n'avait aucune chance de vous plaire, mais, lorsque j'ai su que vous aviez accepté d'être sa cavalière, j'ai décidé de me rendre au centre-ville et de rôder autour de la salle des fêtes par mesure de prudence.

— Heureusement que vous avez suivi votre intuition et que vous êtes arrivé à temps ! Sans vous, je me demande ce qui se serait passé.

— Si vous vouliez me témoigner votre gratitude, que feriez-vous ?

— Ceci, chuchota Tess en déboutonnant la chemise de Callaghan avec une audace dont elle se serait crue incapable trois secondes auparavant et en enfouissant ses doigts dans la fine toison brune qui moussait sur son torse.

— Les hommes sont comme les chats et les

iguanes, susurra-t-il, les paupières mi-closes. Ils adorent être cajolés.

— Encore un détail que j'ignorais.

— Oh ! il ne s'agit pas d'un détail. La dernière fois qu'une femme m'a touché, c'était il y a des années, et j'avais presque oublié à quel point il pouvait être agréable de se laisser aller. Maintenant que vous avez réussi à surmonter votre timidité, vous sentez-vous de taille à franchir un nouveau pas ?

— Tout dépend de ce que vous entendez par là.

— Si vous vous imaginez que je vais vous voler ce que vous n'êtes pas encore prête à m'offrir, n'ayez crainte. Je veux juste vous embrasser. M'y autorisez-vous ?

— Oui, acquiesça Tess, les lèvres déjà entrouvertes, déjà frémissantes.

Mais, au lieu de s'en emparer avec ardeur, Callaghan lui effleura les seins d'une longue, d'une interminable caresse, puis inclina la tête et poursuivit du bout de la langue sa divine exploration.

— Que préférez-vous ? lui demanda-t-il. Que je continue ou que je m'arrête ?

— Que… que vous continuiez, balbutia-t-elle, le corps incendié. Quand vous me touchez, j'ai l'impression que ce n'est pas du sang qui coule dans mes veines, mais du feu.

— Aviez-vous déjà éprouvé cela auparavant ?

— Non. Je ne savais pas que des baisers pouvaient procurer un tel plaisir.

— Bien que j'aie plus d'expérience que vous, je l'ignorais également.

Electrisée par cet aveu qui résonnait à ses oreilles comme un chant d'amour, Tess se cambra et offrit impudiquement sa gorge dénudée aux lèvres avides de Callaghan.

— Vous avez de jolies taches de rousseur sur la poitrine, observa-t-il après avoir tracé des sillons enflammés dans la tendre vallée de ses seins.

— Et vous, une balafre sur le ventre, répliqua-t-elle en laissant ses doigts papillonner le long du torse de Callaghan et en suivant de l'index la fine cicatrice qui zigzaguait au-dessus de son ceinturon.

— Vous êtes la première personne à la voir depuis mon retour aux Etats-Unis, dit-il, rembruni. Elle part du nombril et descend jusqu'à l'aine.

— Est-ce en Irak que vous avez été aussi grièvement blessé ?

— Oui. La balle qui m'a atteint aurait dû me

tuer, mais il faut croire que mon heure n'avait pas sonné.

— Vous arrive-t-il encore de penser au jour où vous avez failli mourir ?

— Moins souvent que je n'aurais pu le craindre. C'est surtout la nuit, dans mes cauchemars, que certaines images reviennent me hanter. Après avoir quitté le Moyen-Orient à bord d'un avion sanitaire, j'ai passé des semaines à l'hôpital et j'ai été opéré trois fois. J'ai donc eu le temps de réfléchir à ce moment-là.

Cédant à une impulsion, Tess déboucla l'épais ceinturon en cuir clouté de Callaghan, puis dégrafa son jean avec des gestes lents et laissa ses doigts voleter le long de sa cicatrice.

— Stop ! lui ordonna-t-il d'une voix rauque. Si vous continuez à me déshabiller et à me caresser, je ne réponds plus de rien.

— Pourquoi ? interrogea-t-elle, déroutée.

— Parce qu'il y a des années que je n'ai pas fait l'amour et que je ne suis pas un saint. J'ai tellement envie de vous que je pourrais facilement perdre la tête et atteindre le point de non-retour.

— Le point de non-retour ! répéta Tess, au comble de la perplexité. Que voulez-vous dire ?

— Que nous sommes au bord d'un gouffre sans fond et qu'il serait imprudent d'y sombrer.

Quand on s'aventure trop loin sur le chemin du plaisir, il arrive un moment où on n'a pas la force de reculer et où on préfère couler à pic que de s'attarder en haut du précipice.

— Comme je n'ai aucune expérience, cela ne risque pas de se produire. Je suis maladroite et incapable de vous donner du…

— Au contraire ! Vos mains sont si habiles et si douces que j'ai l'impression de monter tout droit au paradis chaque fois que vous me touchez. Il serait donc dangereux de prolonger notre petite séance de psychothérapie. Je vous ai embrassée parce que j'étais impatient de vous aider à oublier vos mauvais souvenirs et de vous prouver que vous n'étiez pas frigide. Maintenant que j'ai atteint ces deux objectifs, il vaut mieux que nous en restions là.

— Pourquoi refusez-vous de passer la nuit avec moi ?

— A cause de notre différence d'âge. J'ai trente-huit ans et vous, vingt-deux. Nos relations ne peuvent donc être qu'amicales ou professionnelles.

— Quand vous m'avez déshabillée et serrée contre vous il y a un instant, elles n'étaient ni amicales ni professionnelles, et cela n'avait pas l'air de vous déranger.

Callaghan poussa un profond soupir, puis bondit du sofa et boucla hâtivement son ceinturon.

— N'essayez pas de me persuader que j'ai tort de vous résister, ma chérie, dit-il d'une voix à peine audible, comme si parler lui demandait un effort surhumain. N'essayez pas de m'en persuader ou je risque de succomber à la tentation et de le regretter.

— Ma *chérie* ! releva Tess après avoir jailli à son tour du canapé, les yeux pleins d'étoiles. C'est la première fois que vous employez ce mot-là.

— La première et la dernière. Ce qui s'est passé entre nous ce soir ne devra pas se reproduire.

— Pour quelle raison ?

— Parce qu'il ne faut pas jouer avec le feu, je vous l'ai déjà expliqué en long, en large et en travers. J'ai tellement envie de vous faire l'amour que je pourrais oublier toute prudence et me le reprocher pendant des années.

Callaghan effleura du regard la gorge dénudée de Tess et le doux renflement de son ventre. Puis, se rappelant les questions insidieuses que lui avait posées Léo une semaine auparavant, il imagina l'espace d'un battement de cœur les enfants au teint de porcselaine et aux boucles rousses que lui donnerait la jeune femme s'il jetait ses beaux principes aux orties et qu'il décidait de l'épouser.

7.

— A quoi pensez-vous ?

Tiré de sa rêverie par la voix douce de Tess, Callaghan détourna la tête et battit plusieurs fois des paupières pour chasser les images qui se bousculaient devant ses yeux. Les images d'un bonheur idyllique auquel il aspirait, mais qui lui serait toujours interdit.

— A notre différence d'âge, jeta-t-il en enfouissant ses doigts dans les poches de son jean de peur qu'ils n'échappent à sa volonté et n'esquissent d'eux-mêmes d'audacieuses caresses sur la peau satinée de la jeune femme. Je ne sais pas ce qui m'a pris de vous déshabiller et de vous embrasser. Au lieu de vous amener dans cette bibliothèque, j'aurais dû vous raccompagner jusqu'à la porte de votre chambre et vous souhaiter une bonne nuit.

— Non, vous avez eu raison de rester avec moi

et de m'aider à oublier mes mauvais souvenirs, car je me sens beaucoup mieux maintenant.

— Reste que j'ai commis une erreur et que je m'en veux d'avoir perdu la tête. Malgré ce qui s'est passé entre nous ce soir, je n'ai rien à vous offrir. Rien d'autre que mon estime et mon amitié. Je suis un célibataire endurci qui a cessé de croire au grand amour il y a des années et qui préfère sa liberté à cette prison dorée qu'on appelle le mariage.

Tess empoigna les pans soyeux de sa robe et se rajusta à la hâte, une tache rouge sur chaque pommette.

— Si vous pensez que je rêve de vous épouser, vous vous faites des illusions, monsieur Hart, riposta-t-elle d'une voix vibrante de colère. Même si vous vous prosterniez à mes pieds et que vous me suppliiez de vous suivre à l'autel, je refuserais catégoriquement.

— Pourrais-je savoir pourquoi ? demanda Callaghan, amusé par la virulence du ton.

— Parce que le charme et la prestance ne sont pas des qualités suffisantes à mes yeux. Vous êtes un homme très séduisant, mais vous avez un caractère impossible et vous êtes incapable de vous servir d'une poêle ou d'un balai. En plus de cela, vous détestez les réunions de famille et vous avez la curieuse habitude de lancer des gâteaux à la tête des gens !

— Quand j'ai jeté par terre votre génoise au chocolat, je ne risquais pas de vous blesser puisque vous n'étiez pas dans la maison à ce moment-là.

— D'autres n'ont pas eu cette chance.

— Quels autres ?

— Le vieux Charlie Greer, par exemple. Il paraît qu'il avait préparé un superbe croquembouche à l'occasion de votre anniversaire et que vous avez osé le bombarder de choux à la crème.

— Qui vous a raconté cette histoire ?

— Rey.

— Le traître ! J'aurais dû me douter qu'il vous confierait tous mes secrets.

— Oh ! je ne pense pas qu'il m'ait révélé les plus inavouables. Si je l'avais soumis à un interrogatoire en règle, je suis sûre qu'il m'aurait appris un tas de choses très instructives.

— Pourquoi n'avez-vous pas essayé de le cuisiner jusqu'à ce qu'il crache le morceau ?

— Parce que je vous trouvais déjà un nombre impressionnant de défauts et que j'ai eu peur de voir la liste s'allonger. Quand on vit sous le même toit qu'un tyran doublé d'un horrible macho, on préfère s'en tenir à ce qu'on sait de lui que de mener une enquête approfondie…

— Un tyran doublé d'un horrible macho ! releva Callaghan d'un ton faussement indigné. C'est comme cela que vous me décririez s'il fallait que vous brossiez mon portrait ?

— Oui, confirma Tess avec un bel aplomb. A moins d'être candidate au divorce ou d'avoir perdu la raison, aucune femme n'aurait l'idée saugrenue de vous épouser. Vous pouvez donc dormir tranquille : ce n'est pas demain que vous serez obligé de quitter le club des célibataires endurcis et de sacrifier votre précieuse liberté.

— Ah ! vous me rassurez. Moi qui craignais de devoir y renoncer un jour, je suis soulagé d'apprendre que personne n'osera m'en priver.

Voyant Tess tirailler les boutonnières déchirées de sa robe, Callaghan baissa vers elle un regard d'où avait disparu toute trace de moquerie.

— Vous allez bien ? lui demanda-t-il, inquiet.

— Très bien, je vous remercie, murmura-t-elle. Grâce à vous, ma soirée n'aura pas été complètement gâchée.

— Mais quelque chose vous tracasse, je le sens. De quoi s'agit-il ?

— Puisque Sandy Gaines est l'adjoint de votre

frère, j'ai peur de le croiser dans les couloirs du Circle H lundi matin et de ne pas pouvoir le…

— Gaines *n'est plus* l'adjoint de Rey. Pendant que vous m'attendiez dans mon 4x4, je lui ai ordonné de quitter Jacobsville dès que possible s'il ne voulait pas que vous portiez plainte contre lui, et cela m'étonnerait qu'il remette un jour les pieds au ranch.

— Quand il m'a invitée au bal, j'ai cru qu'il était impatient de me montrer ses talents de danseur et, comme je le prenais pour un gentleman, je ne me suis pas doutée un seul instant qu'il avait d'autres idées en tête.

— Ce qui prouve que vous manquez de perspicacité. Beaucoup d'hommes sont de sales hypocrites qui cachent une âme de prédateur sous des dehors séduisants et qui adorent se moquer des petites oies blanches telles que vous. Alors, à partir de maintenant, je vous défends de sortir avec qui que ce soit sans mon autorisation.

Tess fixa Callaghan, médusée.

— Qu'est-ce que vous venez de dire ? lui demanda-t-elle, le premier moment de stupeur passé.

— Que je vous défendais de sortir avec qui que ce soit sans mon autorisation, répéta-t-il du ton d'un adulte s'adressant à un gamin de quatre ans.

— De quel droit vous permettez-vous de régenter ma vie ?

— Du droit que me confèrent mon expérience et ma maturité. Je ne serais peut-être pas le mari idéal, mais j'ai des devoirs envers vous et je compte bien m'en acquitter. Puisque vous ne savez pas choisir vos cavaliers et que je n'ai pas l'intention de vous pousser dans les bras d'un autre homme que moi, je ne laisserai personne vous emmener danser la prochaine fois qu'il y aura un bal à Jacobsville.

— Et, à supposer que je veuille aller au restaurant, que ferez-vous ?

— Je vous conseillerai de patienter jusqu'à ce que j'aie une soirée de libre.

— Si vous croyez que j'accepterai de dîner en votre compagnie et que je réussirai à vous trouver une ou deux qualités entre la poire et le fromage, vous risquez d'être déçu. Je n'aime pas les despotes dans votre genre et je préférerais me casser un bras que de succomber à votre charme.

Un sourire effleura les lèvres de Callaghan.

— N'en rajoutez pas, par pitié ! s'exclama-t-il

avec une emphase moqueuse. Mon pauvre cœur est déjà en mille morceaux.

— Inutile de chercher à me culpabiliser ! riposta Tess du tac au tac. Comme ce n'est pas moi qui vous l'ai brisé, je n'ai rien à me reprocher.

— Qui vous a dit que j'avais eu un… chagrin d'amour ?

— Vos frères. Ils m'ont parlé de cette fille que vous rêviez d'épouser et qui vous avait trahi avant votre retour d'Irak. Vous arrive-t-il encore de penser à elle ?

— Plus maintenant, mais il m'a fallu des années pour l'oublier et pour me remettre de l'humiliation qu'elle m'avait infligée. Elle était très jeune le jour de nos fiançailles, tellement jeune et tellement frivole qu'elle n'a pas eu la patience de m'attendre.

— Est-ce parce que vous me comparez à elle que vous ne voulez pas m'offrir autre chose que votre estime et votre amitié ?

— Oui. Vous aussi, vous manquez de discernement. La preuve : vous avez fait confiance à Sandy Gaines et vous avez accepté son invitation les yeux fermés, alors que vous auriez dû vous méfier de lui et chercher à savoir ce qu'il avait en tête.

— Il n'est pas le seul dont j'aurais dû me

méfier. Quand vous m'avez demandé de venir dans la bibliothèque avec vous, je vous ai suivi sans broncher et je vous ai même laissé me déshabiller.

— Ce qui montre bien que vous êtes trop candide et trop irréfléchie. Comme vous n'avez pas de petit ami, vous avez pris l'habitude de refouler vos pulsions, et il est normal que vous ne réussissiez pas toujours à les contrôler.

— C'est le psychothérapeute éclairé qui parle ? Ou le patron soucieux du bonheur de ses employés ?

— Les deux.

— Admettons que je sois immature et que je me sois jetée dans vos bras par simple frustration. Mais vous qui êtes un homme mûr et équilibré, quelle excuse avez-vous ?

— L'abstinence. Il y a des siècles que je n'ai pas fait l'amour et il m'arrive d'être en manque.

— Mariez-vous et vous ne le serez plus.

— Non, merci. Je préfère les joies du célibat aux aléas de la vie conjugale.

— Froussard !

— Si vous aviez souffert autant que moi, vous n'emploieriez pas ce mot-là. Quand on a été échaudé une première fois, on devient tellement sage et tellement prudent qu'on se méfie même de l'eau froide.

— Comme vous me croyez instable et superficielle, je n'ai donc aucune chance de vous…

Un coup de tonnerre assourdissant pulvérisa la fin de la phrase.

— Avez-vous peur de l'orage ? demanda Callaghan à Tess en la voyant tourner la tête vers le bow-window et fixer craintivement les éclairs qui déchiraient le ciel de part en part.

— Et vous ? questionna-t-elle, les prunelles élargies d'effroi.

— Je vous répondrai demain matin, dès que je serai de retour à la maison.

— Où allez-vous passer la nuit ?

— Dehors, avec mes frères et tous nos employés. Pendant que vous serez bien à l'abri dans votre chambre et que vous ferez de beaux rêves, nous irons inspecter les corrals et nous essaierons de calmer le bétail. Les animaux détestent les tempêtes, comme vous le savez, et sont pris de panique quand le tonnerre se met à gronder.

— Si vous devez rester sous la pluie jusqu'à l'aube, n'oubliez pas d'enfiler un imperméable avant de sortir et soyez prudent.

— A vos ordres, patron ! se moqua Callaghan. Avez-vous d'autres consignes à me donner ?

— Non, aucune, répondit Tess en regardant les éclairs incendier l'horizon. Je voudrais simplement vous remercier de m'avoir arrachée des bras de Sandy Gaines. Je vous suis très reconnaissante d'être venu à mon secours et de m'avoir ramenée au ranch, saine et sauve.

— Ce n'est pas ma légendaire grandeur d'âme qui m'a poussé à vous aider, c'est mon incurable gourmandise. J'aime tellement vos chaussons aux pommes et vos pains aux raisins que je n'aurais pas pu vous laisser entre les mains de cette brute. Sans vos délicieuses viennoiseries, les petits déjeuners seraient insipides, et j'en perdrais l'appétit.

— Ah ! je me doutais bien que vous n'aviez pas joué les preux chevaliers par générosité. Si je n'avais pas été la meilleure cuisinière de tout le comté, vous ne vous seriez même pas soucié de moi.

— La meilleure cuisinière de tout le comté ! Et puis quoi encore ? Mme Culbertson était certes beaucoup moins jolie que vous, mais sa blanquette de veau à la texane était un régal.

— Dommage qu'elle soit partie à la retraite et que vous ayez été obligé de lui trouver une remplaçante !

— A qui le dites-vous !

Après avoir reboutonné sa chemise de cow-boy, Callaghan accompagna Tess jusqu'à la porte de la bibliothèque et inclina le buste.

— Bonne nuit, mademoiselle Brady, lança-t-il avec une feinte solennité.

— Bonne nuit, monsieur Hart, rétorqua-t-elle en quittant la pièce dans un tourbillon de soie bleu saphir et en gravissant les premières marches de l'escalier, le cœur léger comme une bulle de savon.

Le lendemain matin, Hardy Johnson avertit Tess que ni Callaghan, ni Léo, ni Rey ne pourraient venir prendre leur petit déjeuner parce que la foudre était tombée sur un gros chêne et que, dans sa chute, l'arbre avait démoli la barrière d'un corral.

— Si on ne veut pas que les bêtes s'échappent, il va falloir réparer très vite, lui dit-il avant de sortir de la maison au pas de gymnastique et d'aller rejoindre les autres cow-boys du Circle H sous une pluie diluvienne.

Plutôt que de dévorer les dix galettes de sarrasin qu'elle avait confectionnées et de mourir d'une indigestion, la jeune femme préféra les donner aux chiens qui aboyaient au bas du perron.

— Merci d'avoir préparé un ragoût de bœuf,

Tess, lança Léo en pénétrant dans la cuisine peu après midi. J'ai un de ces creux à l'estomac !

— Nous aussi, on a une faim de loup, s'écrièrent à l'unisson Callaghan et Rey.

— Vu la violence de l'orage qui a éclaté hier soir, dit Tess, vous avez dû passer une mauvaise nuit.

— Si j'en crois ce que Cag m'a raconté, vous ne vous êtes pas tellement amusée, vous non plus, rétorqua Léo. Il paraît que ce salaud de Sandy Gaines vous a emmenée danser et qu'il vous a manqué de respect. Quel dommage que je n'aie pas assisté au bal, car je me serais fait un plaisir de lui flanquer mon poing dans la figure !

— Dès qu'il remettra les pieds au ranch, déclara Rey, je lui dirai d'aller chercher du travail ailleurs.

— Tu n'auras pas besoin de le licencier, marmonna Callaghan. Il est déjà parti.

— De son propre chef ?

— Plus ou moins.

Léo et Rey échangèrent un clin d'œil de connivence.

— Après tout le mal qu'on s'est donné ces dernières années pour t'empêcher de tuer quelqu'un dans un accès de colère, tu aurais pu nous laisser régler le problème à ta place, se plaignirent-ils de concert.

— Il était inutile que vous passiez votre temps à me surveiller. Je ne suis pas un dangereux maniaque et je sais garder mon sang-froid quand il le faut.

— Première nouvelle ! s'exclama Léo, les lèvres plissées en une moue dubitative.

— Si tu es aussi calme et inoffensif que tu l'affirmes, Cag, ajouta Rey, explique-nous donc d'où viennent ces taches de chocolat qu'on aperçoit là-bas, sur les portes du vaisselier, et que la pauvre Tess n'a pas encore réussi à effacer ?

De peur que le déjeuner ne tourne au pugilat, la jeune femme pria Callaghan de l'aider à dresser la table, puis s'assit en face de lui et chercha un moyen de dévier la conversation.

— J'ai décidé de m'inscrire à l'école professionnelle de Jacobsville demain matin, annonça-t-elle. Comme cela, je pourrai suivre des cours de botanique cet automne et obtenir un diplôme d'horticultrice.

— Excellente idée ! approuvèrent d'une seule voix Léo et Rey.

— Que préférez-vous ? leur demanda Tess. Que je rentre dormir au Circle H tous les soirs ou que je loue une chambre sur le campus à partir du 1er septembre ?

— Que vous louiez une chambre sur le campus ! releva Callaghan, sidéré. Pourquoi voulez-vous quitter le ranch ?

— Parce que vous m'avez dit un jour que vous me garderiez à votre service jusqu'au début de l'été. Etant donné que nous sommes déjà en juillet, je suppose que vous n'allez pas tarder à me licencier et que je vais être forcée de chercher un autre emploi.

— A cette époque de l'année, vous n'en trouverez aucun. Il vaudrait donc mieux que vous restiez ici encore quatre ou cinq mois.

Pris de fou rire, Léo et Rey avalèrent un morceau de bœuf et faillirent s'étrangler.

— J'ai dû mettre un peu trop de piment dans mon ragoût, leur dit Tess, désolée d'avoir eu la main lourde et de les voir pleurer à chaudes larmes.

— Non, non, ce n'est pas votre faute, la rassurèrent-ils avant de se lever de table comme un seul homme et de sortir de la cuisine en ricanant.

— Quels idiots ! maugréa Callaghan.

— Si cela vous ennuie de m'héberger jusqu'à la fin de l'automne, déclara Tess, je préfère que vous me le disiez franchement.

— Cela ne m'ennuie pas du tout, bien au contraire ! s'exclama-t-il. Vos études vont vous coûter cher, et vous allez être obligée de continuer à travailler pour les financer.

— Au lieu de rester au Circle H, je pourrais trouver un emploi à mi-temps au centre-ville et demander à mes nouveaux patrons de…

— Il n'en est pas question. Mes frères et moi avons besoin de vous et nous ne vous laisserons partir sous aucun prétexte.

Après avoir bondi de sa chaise et contourné la table d'un pas élastique, Callaghan aida Tess à se lever et lui encercla tendrement les épaules.

— Si vous n'étiez plus là, qui nous mijoterait de bons petits plats matin, midi et soir ? lui glissa-t-il à l'oreille. Qui m'ordonnerait de nettoyer l'aquarium de Herman chaque week-end et qui me conseillerait d'enfiler mon imperméable les jours de pluie ?

— Mme Lewis, répondit-elle, le cœur battant à tout rompre. Elle aime mieux cuisiner que d'épousseter vos meubles, et c'est quelqu'un de très organisé.

— Jane a de nombreuses qualités, je vous l'accorde, mais elle est moins sexy que vous. Quand je suis en face d'elle, je n'ai aucune envie de l'embrasser.

Callaghan se pencha jusqu'à frôler de son souffle brûlant le front écarlate de Tess et lui effleura les lèvres d'un baiser léger comme une aile de papillon.

— Vous ne devriez pas me laisser faire, murmura-t-il en plongeant son regard de velours sombre dans celui, limpide, de la jeune femme.

— Oh ! mais je ne vous laisse pas faire, protesta-t-elle avec un sourire qui démentait ses paroles. Vous ne voyez pas que j'essaie désespérément de vous résister ?

— Si c'est afin de pouvoir mieux me repousser que vous vous lovez contre moi, ne changez pas de tactique, je vous en prie, chuchota Callaghan avant de resserrer son étreinte et d'incliner la tête une nouvelle fois.

Le lendemain matin, Tess demanda à Hardy Johnson de lui prêter sa Range Rover et alla s'inscrire à l'école professionnelle du comté.

Après avoir rempli des dizaines de formulaires et parcouru des yeux le planning de la rentrée, elle quitta le campus au volant du 4x4 puis, comme midi venait de sonner au clocher de Jacobsville, elle décida de s'arrêter au Barbara's Café.

— Cet énorme sandwich n'a pas l'air de vous avoir ouvert l'appétit, lui dit Léo en pénétrant dans le snack-bar et en la voyant fixer d'un regard éteint le hamburger royal que lui avait apporté la gérante de l'établissement. Si vous avez pitié du pauvre bœuf dont la viande a servi à la confection de ce chef-d'œuvre, sachez qu'il est trop tard pour le sauver.

Tess éclata d'un rire cristallin.

— Je suis contente que vous soyez là, Léo, car j'avais besoin qu'on me remonte le moral, déclara-t-elle. Où allez-vous déjeuner ?

— Chez Fred Brewster, l'un de mes associés. Rien que de penser aux cuisses de poulet caoutchouteuses et aux pommes de terre calcinées que je vais devoir ingurgiter, j'en ai des crampes d'estomac. Janie, la fille unique de Fred, est très jolie, mais elle n'a aucun talent de cuisinière. Chaque fois qu'elle se met aux fourneaux, les employés de son père aiment encore mieux sauter un repas que de risquer une indigestion.

— Rey a-t-il également été invité par les Brewster ?

— Non, car il a été obligé de se rendre à Tulsa. Il a pris l'avion ce matin, à la première heure, et ne sera de retour qu'après-demain. Cag, en revanche, a accepté de venir goûter avec moi aux affreuses mixtures de Janie.

— Est-ce parce qu'il est amoureux d'elle qu'il a décidé de vous accompagner ?

— Cag, amoureux de la petite Brewster ? Vous voulez rire ! Depuis que sa fiancée l'a quitté pour un type plus jeune et plus riche que lui, il est tellement misogyne qu'aucune femme ne trouve grâce à ses yeux… Aucune, excepté vous, bien sûr ! Vous êtes la seule à lui plaire et, comme il a peur que l'un de vos futurs camarades de classe n'arrive à vous séduire l'automne prochain, il préfère vous garder sous cloche au Circle H que de vous laisser louer une chambre en ville.

— Si je lui plaisais vraiment, il ne perdrait pas son temps à me parler de notre différence d'âge et du fossé qui nous sépare. A l'écouter, on dirait que je suis encore un bébé et que j'ai davantage besoin d'une nounou que d'un mari.

— Soyez patiente, et il finira par changer d'attitude, vous verrez.

— Patiente, je l'ai été pendant des mois et des mois mais, aujourd'hui, j'en ai assez d'espérer un miracle. C'est dans les contes de fées et dans les dessins animés que les rêves se réalisent d'un coup de baguette magique, pas dans la vie de tous les jours !

— Bien que Cag ne se soit pas métamorphosé en Prince charmant, il a enfin cessé de se conduire comme un vilain crapaud, dit Léo, les yeux rieurs. Ces dernières semaines, il ne lui est pas arrivé une seule fois de vous lancer une génoise à la figure.

— Forcément ! s'exclama Tess. Pour ne pas lui laisser le plaisir d'éclabousser de chocolat les murs de la cuisine et les portes du vaisselier, je n'ai plus fait de pâtisserie depuis le 31 décembre.

8.

— Janie Brewster me plaît bien physiquement, déclara Léo le lendemain soir, à la fin du dîner, mais le poulet à l'estragon qu'elle nous a servi hier était tellement indigeste que j'ai eu l'impression d'avoir avalé un bloc de béton.

— Moi aussi, j'ai eu du mal à vider mon assiette, reconnut Callaghan après avoir savouré les délicieuses quenelles à la sauce Nantua que Tess avait préparées. Je plains le pauvre type qui épousera cette calamité.

— Oh ! je doute qu'elle arrive à trouver un mari. Aucun cow-boy de Jacobsville ne serait assez bête pour lui passer la bague au doigt.

— Ce n'est pas un cow-boy qu'elle doit rêver de suivre à l'autel, mais un professeur émérite ou un médecin renommé. Depuis qu'elle s'est inscrite à l'université de Houston, elle se croit supérieure au commun des mortels et n'arrête pas de pérorer.

— Qu'étudie-t-elle ? s'informa Tess.

— La psychologie, bougonna Callaghan. Elle a déjà lu tous les livres d'Alfred Adler et, chaque fois que je vais dîner chez son père, elle prend un plaisir sadique à me psychanalyser. L'an dernier, à la fin d'un banquet, elle avait prétendu que mes habitudes alimentaires dénotaient une certaine immaturité et, hier, il a fallu qu'elle remette ça !

— Que vous a-t-elle dit ?

— Que les amoureux des reptiles étaient des inadaptés sociaux et que les hommes qui détestaient les carottes avaient un compte à régler avec leur mère.

— Tu oublies ce qu'elle t'a raconté à propos des asperges, ajouta malicieusement Léo.

— Ferme-la, tu veux ? grommela Callaghan en décochant à son frère un regard meurtrier. Tess n'a pas besoin de savoir quelles autres inepties cette poison a débitées.

— Est-ce parce qu'elle a touché la corde sensible que tu refuses d'aborder le sujet ?

— Pas du tout ! Le jour où Janie Brewster aura obtenu son doctorat et ouvert un cabinet à Jacobsville, j'accepterai peut-être d'aller la consulter et de m'allonger sur son divan, mais, d'ici là, je n'ai pas l'intention d'imiter les gogos qui prennent ses théories fumeuses pour parole d'évangile.

— C'est moi que tu traites de gogo ?

— A ton avis ?

Nullement impressionné par le ton corrosif que venait d'employer Callaghan, Léo se pencha vers Tess avec des mines de conspirateur et lui demanda à voix basse :

— Aimeriez-vous que je vous répète ce que Janie Brewster a raconté à Cag ?

— Oui, murmura-t-elle, incapable de maîtriser sa curiosité. Que lui a-t-elle dit ?

— Que les hommes qui, comme lui, avaient horreur des asperges souffraient généralement d'imp…

— Boucle-la, Léo ! coupa Callaghan en se levant et en jetant sa serviette sur la nappe. Tu n'as pas honte de colporter ce genre d'idioties ?

Puis, aveugle au sourire conciliant que lui adressait son frère, il sortit de la cuisine d'un pas martial.

— Je vais vérifier nos comptes, déclara-t-il sans se retourner.

— Non, ne partez pas déjà ! s'écria Tess. Je vous ai préparé un gâteau très spécial et je voudrais que vous y goûtiez.

— Tiens ! s'étonna Léo. Vous vous êtes remise à faire de la pâtisserie ?

— Eh oui ! confirma-t-elle gaiement. Comme j'ai enfin réussi à trouver un détachant miracle et à nettoyer le vaisselier, j'ai décidé de feuilleter mon livre de recettes et de tenter une nouvelle expérience.

— Vous n'aurez qu'à me servir dans la bibliothèque, lança Callaghan à Tess après avoir pivoté tout d'une pièce sur ses talons. Et n'oubliez pas de m'apporter une tasse de café bien serré. Cela m'aidera à rester éveillé.

— Quel autoritarisme ! glissa Léo à Tess. S'il n'avait pas démissionné de l'armée, je parie qu'il aurait été promu lieutenant-colonel.

— Ou même général en chef, rétorqua-t-elle, au bord du fou rire.

— De quoi parlez-vous ? leur demanda Callaghan d'un ton aigre.

— De choses sans importance, répondit Léo. Pendant que tu t'occuperas de la comptabilité, j'irai au Shea's et j'essaierai de convaincre Billy Telford de me vendre son taureau. Je m'étais engagé à lui verser une grosse somme, mais les Tremayne lui en ont proposé le double.

— C'est bizarre. Je croyais qu'Evan et ses

frères trouvaient que les salers n'étaient pas d'assez bons reproducteurs.

— Depuis que Billy leur a montré les avantages de la diversification, ils ont changé leur fusil d'épaule. Alors, je vais trinquer avec ce traître et, une fois qu'il sera ivre, j'espère que je réussirai à le…

— Ne t'avise surtout pas de boire de l'alcool ! l'interrompit Callaghan. La dernière fois que tu as abusé du whisky, tu as failli démolir les cloisons du bar et expédier à l'hôpital la moitié des clients.

— Corrigan et Rey m'avaient accompagné ce jour-là, se rappela Léo. Et, comme ils avaient vidé une bouteille de gin, ils n'ont pas demandé mieux que de m'aider à tabasser un ou deux cow-boys.

— Vous, les Hart, vous n'êtes qu'une bande de voyous, s'indigna Tess. Vous ne pensez qu'à vous amuser et à faire des bêtises.

— Dites cela à mes frères, pas à moi, maugréa Callaghan. Contrairement à ces imbéciles, je n'ai rien d'un joyeux fêtard.

— Ça, on l'avait remarqué, ironisa Léo en se levant de son siège et en se dirigeant vers le hall à grands pas.

— Si tu rencontres Billy Telford au Shea's,

il est inutile que tu lui offres à boire, car aucun des papiers qu'il signera en état d'ébriété ne sera validé par un notaire.

— Je sais qu'il est illégal de soûler quelqu'un pour lui extorquer une promesse de vente, mais je tiens absolument à acheter le taureau de Billy. C'est le plus bel animal que j'aie jamais vu. Il est fier, musclé, et sa robe est douce comme de la soie.

— Encore un peu et on pourrait croire que tu es tombé amoureux de lui.

— Très drôle ! riposta Léo avant d'ouvrir à toute volée la porte d'entrée et de la refermer derrière lui avec un claquement sec.

— Venez me servir quand vous aurez fini de débarrasser la table, lança Callaghan à Tess dès qu'ils se retrouvèrent seuls au milieu du vestibule. J'ai hâte de goûter à votre chef-d'œuvre.

— Bien, mon général ! s'exclama-t-elle effrontément.

Après avoir rempli de moka brûlant un mazagran en faïence vernissée, Tess posa la tasse sur un plateau d'argent, puis sortit son gâteau du réfrigérateur et alla rejoindre Callaghan dans la bibliothèque.

— Comment s'appelle cette merveille ? questionna-t-il à la vue de la couronne meringuée qu'elle avait nappée de crème Chantilly et d'un coulis de framboises.

— Une pavlova, déclara-t-elle. Il m'a fallu toute la matinée pour la préparer, mais je ne regrette pas le mal que je me suis donné, car le résultat va vous épater.

Après avoir saisi l'assiette en porcelaine truitée et la cuillère à dessert que lui tendait Tess, Callaghan se laissa tomber dans son fauteuil et goûta à la pavlova d'un air recueilli.

— Mmm ! c'est drôlement bon, s'extasia-t-il entre deux bouchées. Votre meringue est tellement légère, tellement aérienne qu'on a l'impression de mordre dans un nuage.

— Merci, dit-elle, heureuse d'avoir enfin réussi à confectionner un gâteau qui plaise à Callaghan et qui ne puisse pas lui servir de projectile.

— Venez ici au lieu de rester debout, lui intima-t-il en l'attrapant par la taille et en l'obligeant à s'asseoir sur ses genoux.

— Est-ce bien raisonnable ? protesta-t-elle, la gorge soudain très sèche. Vous m'avez expliqué avant-hier que, si vous vous permettiez des gestes déplacés, il ne fallait pas que je vous laisse faire.

— Je vous ai vraiment dit cela ?

— Mot pour mot.

— Oubliez ce que je vous ai raconté. Je ne devais plus avoir toute ma tête.

Callaghan plongea une nouvelle fois sa cuillère dans la meringue et la porta aux lèvres de Tess.

— Délicieux, n'est-ce pas ? lui demanda-t-il d'une voix feutrée.

— Un pur régal, reconnut-elle sans fausse modestie. Je savais que ce gâteau serait une réussite.

— Léo et Rey auront-ils le droit d'y goûter ?

— Non. Comme vous abattez autant de travail à vous seul qu'eux deux réunis, ils ne méritent pas de récompense.

— Et vous, qui vous démenez du matin au soir, que méritez-vous ?

— Rien d'autre que mon salaire. Il est normal que je vous mitonne de bons petits plats puisque vous me payez pour cela.

— Mais aucune clause de notre contrat ne vous oblige à laver le sol de la cuisine avec une serpillière et une vieille brosse en chiendent. Où avez-vous mis le balai électrique que je vous avais acheté ?

— J'ai préféré le ranger dans un placard que

de continuer à m'en servir parce que je n'arrivais pas à nettoyer votre linoléum correctement.

— Vous êtes un drôle de phénomène. A votre place, n'importe quelle jeune femme aurait été contente d'avoir enfin trouvé un appareil facile à manier qui lui évite la pire des corvées.

— Moi, je ne considère pas les tâches ménagères comme des corvées. Les jours où Mme Lewis ne peut pas venir au Circle H, j'adore épousseter les meubles et passer l'aspirateur.

— Vous ne trouveriez pas plus enrichissant de diriger une entreprise ou d'enseigner l'orthographe et la grammaire à des enfants ?

— Non. Le seul métier que je rêve d'exercer est celui d'horticultrice.

— Pourquoi aimez-vous autant les roses ?

— Parce que ce sont de très belles fleurs et qu'elles ont une histoire. Savez-vous, par exemple, que l'impératrice Joséphine en raffolait et qu'elle avait réussi à se faire livrer des espèces rarissimes malgré le blocus qu'avait instauré Napoléon ?

— Quelle érudition ! s'exclama Callaghan. Où avez-vous lu tout cela ?

— Dans mon magazine préféré. Quand j'habitais à Victoria, je m'étais abonnée à une revue de jardinage, et mon père m'avait offert un joli

Queen Elizabeth, que j'avais planté au bas du perron.

— Qu'est devenu cet arbuste ?

— Comme nous n'avions pas les moyens de payer notre loyer, nous avons été forcés de déménager, et je l'ai laissé aux nouveaux locataires.

— Vous avez dû être triste de vous en séparer.

— Non, car je n'aime pas me lamenter sur mon sort.

— Vous avez de la chance d'être philosophe et de ne pas perdre votre temps à ressasser le passé.

— Si être philosophe, c'est savoir profiter du moment présent et ne regarder que le bon côté des choses, alors oui, je le suis. Le jour où vous m'avez engagée, j'aurais pu me plaindre de n'être qu'une domestique et de ne pas avoir de chez-moi, mais j'ai préféré positiver et me réjouir d'avoir trouvé une place de gouvernante dans l'une des plus belles maisons de Jacobsville.

— Je suis heureux que vous ayez accepté cet emploi et que vous soyez restée au Circle H.

— Pourquoi ?

— Parce que vous êtes une excellente cuisinière et que vous n'essayez pas de me psychanalyser, contrairement à Janie Brewster.

Les yeux étincelant d'humour, Callaghan posa l'assiette qu'il tenait à la main sur un coin de son bureau et entortilla autour de son index l'une des boucles cuivrées qui balayaient le front de Tess.

— Quand Léo a voulu vous répéter ce que cette peste m'avait dit au sujet des asperges, avez-vous deviné que c'était le mot « impuissance » qu'il aurait prononcé si je ne lui avais pas coupé la parole ?

— Oui, murmura-t-elle en s'empourprant jusqu'à la racine des cheveux.

— Dommage que Janie Brewster n'ait pas dîné ici ce soir, car vous auriez pu lui expliquer qu'elle s'était trompée.

Voyant les joues de Tess virer à l'écarlate, Callaghan planta sur son petit nez mutin le plus impertinent des baisers.

— J'aime bien vous taquiner parce que vous êtes très belle lorsque vous rougissez, chuchota-t-il avant de déboutonner la liquette en denim dont elle avait noué les pans au-dessus de sa taille et de dégrafer le balconnet en satin sous lequel palpitaient ses jolis seins ronds.

Loin de se dérober à ses caresses et de s'enfuir de la bibliothèque, elle poussa un long soupir de ravissement qui résonna aux oreilles de Callaghan comme un aveu de reddition.

Le cœur fou, l'esprit égaré, il se leva de son fauteuil avec une impatience qu'il n'avait ni la force ni l'envie de refréner, puis alla déposer la jeune femme sur le velours du canapé et s'étendit à côté d'elle.

— Avez-vous conscience des dangers que vous courez ? lui demanda-t-il pendant qu'elle défaisait une à une les perles d'onyx qui fermaient le plastron de sa chemise.

— Oui, répondit-elle après l'avoir dénudé jusqu'à la ceinture, mais je m'en contrefiche.

— Si on m'avait dit il y a deux ans qu'une gamine inexpérimentée réussirait à me mettre dans un état pareil, je n'aurais pas voulu le croire.

— Je ne suis pas totalement inexpérimentée. J'ai déjà vu des films classés X à la télé.

— Des films classés X ! répéta Callaghan en retenant à grand-peine le sourire qui lui taquinait les lèvres. En voilà, un scoop !

— N'est-ce pas ?

— Combien de ces chefs-d'œuvre impérissables avez-vous visionnés ?

— Quatre ou cinq. Pour éviter de choquer mon père, je les regardais dans ma chambre, à minuit passé, et il m'arrivait même de couper le son.

— Comment avez-vous trouvé ces monuments du septième art ?

— Très… instructifs.

— Vous rappelez-vous leurs titres ?

— Non. Tout ce que je sais, c'est qu'aucun acteur n'aurait osé traiter sa partenaire de gamine et lui reprocher de l'avoir mis dans un état bizarre.

— Oh ! mais mon état n'a rien de bizarre, rassurez-vous. Il est tout ce qu'il y a de plus normal, vu les circonstances.

Après s'être débarrassé de sa chemise en un tour de main, Callaghan plaqua ses hanches contre celles de Tess et glissa une jambe entre ses cuisses.

— Si je n'étais pas un homme d'honneur, lui dit-il, le sang en ébullition, je vous obligerais à enlever votre pantalon et je vous…

— A enlever mon pantalon ! Et pourquoi pas mon string, tant que vous y êtes ?

Arraché à ses rêves d'étreinte passionnée par la voix horrifiée de Tess, Callaghan redressa la tête et partit d'un grand rire.

— Vous ne vous imaginez quand même pas que je pourrais vous faire l'amour *à travers* votre jean ? se moqua-t-il. Je suis un amant exceptionnel, soit, mais il ne faut pas me demander l'impossible.

— Un amant exceptionnel ? Cela reste à prouver.

— Est-ce une simple remarque ou un défi ?

— A vous de choisir !

— Si je voulais vraiment que vous m'apparteniez, je vous montrerais l'étendue de mes talents, et ce serait vous qui me supplieriez de vous déshabiller.

— Moi, vous supplier ? Vous me connaissez mal !

— Puisque vous vous croyez très forte, je vais vous expliquer en détail comment je m'y prendrais pour vous réduire à ma merci.

— Allez-y, je vous écoute.

Une flamme rieuse dans le regard, Callaghan colla sa bouche à l'oreille de Tess et lui décrivit par le menu les divines tortures qu'il rêvait de lui infliger.

— Vous... vous n'oseriez pas ? balbutia-t-elle, les joues cramoisies.

— Chiche ! s'écria-t-il, ravi de l'avoir offusquée et désarçonnée.

— Non, je... je ne suis pas encore prête à faire ce genre de choses.

— Je sais que vous n'êtes pas encore prête, mon cœur, et je n'ai aucune envie de vous imposer quoi que ce soit. Pendant des mois, j'ai essayé de résister à mes pulsions et je ne m'en suis pas trop mal tiré. Il n'y a donc pas de raison pour que cela change dans les semaines à venir. Mais, comme il vaut mieux ne pas prendre de risques inutiles, nous éviterons dorénavant de rester en tête à tête. D'accord ?

— D'accord, approuva Tess en bondissant du canapé et en se rajustant. Voulez-vous que je débarrasse votre bureau et que je vous laisse travailler ?

— Oui, merci, marmonna Callaghan après avoir remis sa chemise et sauté sur ses pieds. Demain matin, il va falloir que je me rende à Kansas City et j'ignore quand je serai de retour au Circle H. En mon absence, Léo et Rey vous tiendront compagnie et veilleront à ce que vous ne manquiez de rien.

— Oh ! vous pouvez partir tranquille. Grâce à eux, je ne verrai pas le temps passer.

— Avec vos futurs camarades de classe, vous ne vous ennuierez pas non plus. Dès que vous aurez fait leur connaissance en septembre, vous les trouverez très différents des cow-boys mal élevés que vous avez croisés sur les pistes de rodéo et vous aurez hâte de devenir leur amie.

— Espérons-le !

Tess déglutit péniblement pour essayer de

déloger la grosse boule qui lui obstruait la gorge, puis empoigna le plateau qu'elle avait apporté de la cuisine et quitta la bibliothèque, le cœur lourd comme une chape de plomb.

9.

Le lendemain matin, Rey rentra de Tulsa au moment même où, vêtu d'un costume en lin gris clair, Callaghan s'apprêtait à quitter le Circle H.

— Vous êtes tellement élégants, tous les deux, que vous me donnez des complexes, leur dit Léo. Comparé à vous, j'ai l'air d'un vagabond avec ma chemise à carreaux, mon vieux jean délavé et mes bottes mal cirées.

— Pourquoi t'es-tu mis sur ton trente et un ? demanda Rey à Callaghan.

— Parce que je dois me rendre à Kansas City et assister au congrès annuel des éleveurs de bovins, déclara ce dernier. Comme il paraît que la législation ne va pas tarder à changer, je préfère savoir ce que les autorités nous réservent et prendre les mesures qui s'imposent que de patienter jusqu'à ce que les décrets soient promulgués. Plus tôt nous nous adapterons aux nouvelles règles en matière de traçabilité, mieux cela vaudra.

— Si j'avais pu deviner qu'une crise mondiale bouleverserait le marché de la viande, lança Léo, j'aurais gardé mon siège à l'A.R.T. et j'aurais été informé avant tous nos concurrents des décisions du gouvernement.

— Qu'est-ce que l'A.R.T. ? s'enquit Tess, perplexe.

— L'Association des Ranchers du Texas, précisa Callaghan après avoir vidé d'un trait la tasse de café qu'elle lui avait offerte. Il est dommage que Léo ait démissionné de son poste de trésorier, car il aurait pu nous donner des renseignements qui nous auraient été très utiles, à Rey et à moi.

— Puisque tu t'y connais en économie, Cag, pourquoi ne proposes-tu pas ton aide aux membres de l'A.R.T. et n'essaies-tu pas de te faire élire président ? questionna Léo.

— Parce que je suis déjà submergé de travail et que j'ai à peine le temps de respirer. Sais-tu jusqu'à quelle heure je suis resté dans la bibliothèque cette nuit ?

— Non.

— Jusqu'à 1 h 45. Et je n'ai même pas fini de dresser notre bilan semestriel.

— Peut-être avais-tu la tête ailleurs…

A la vue du clin d'œil amusé qu'échangeaient Léo et Rey, Tess devint aussi rouge que les pivoines dont les pétales flamboyaient sous la fenêtre de la cuisine.

— Il faut que j'y aille, maugréa Callaghan en empoignant la grosse valise qu'il avait descendue de sa chambre et en se dirigeant vers la porte du vestibule, le dos droit comme un I. Je serai de retour le week-end prochain, ajouta-t-il après avoir tiré le battant. Si vous devez me joindre d'ici là, vous n'aurez qu'à me téléphoner au Hilton de Kansas City. J'y ai réservé une suite pour la semaine.

— Nous nous débrouillerons sans toi, ne t'inquiète pas, rétorquèrent Léo et Rey.

— Veillez sur Tess en mon absence, leur ordonna Callaghan du ton d'un officier haranguant ses troupes sur un champ de bataille, et empêchez-la de…

— Je n'ai pas besoin de baby-sitters ni de gardes du corps, coupa-t-elle, indignée. Début septembre, j'irai étudier la botanique à l'école professionnelle du comté et je pourrai enfin voler de mes propres ailes.

— Votre dossier a été accepté ? demanda Léo à la jeune femme.

— Oui, dit-elle avec fierté. La secrétaire qui

m'a reçue m'a même dit que j'aurais droit à une bourse qui me permettrait de régler les frais d'inscription et d'acheter des livres.

— Je ne savais pas que vous aviez déjà fait toutes les démarches et que vous étiez impatiente de commencer une nouvelle vie, grommela Callaghan, les traits durcis.

Puis, sans laisser à Tess le loisir de riposter, il alla se glisser derrière le volant de son 4x4 et quitta le Circle H, le pied au plancher.

« Quelle idée j'ai eue de l'inciter à reprendre ses études ! s'admonesta-t-il dès son arrivée à l'aéroport. S'il y a un spécialiste des roses parmi ses futurs copains de classe et qu'elle en tombe amoureuse, je n'aurai aucune chance de la reconquérir… Aucune, c'est certain. »

Deux heures après le départ de Callaghan, une limousine noire traversa la cour du ranch et s'arrêta sous les fenêtres du living-room dans un grincement de freins.

— Mademoiselle Theresa Brady ? demanda l'homme au visage émacié qui était sorti du véhicule, un attaché-case à la main.

— Elle-même, répondit Tess en descendant l'accueillir au bas du perron.

— Permettez-moi de me présenter. Je m'appelle Clint Matherson et j'étais le notaire de feu votre mère.

— De *feu* ma mère, répéta la jeune femme d'une voix tremblante. Dois-je comprendre que... qu'elle est...

— ... décédée ? Oui, hélas ! Elle s'est éteinte à Singapour il y a un mois, et je n'ai pas pu vous joindre à ce moment-là, car je ne savais pas où vous habitiez. Il a fallu que j'engage un détective privé pour retrouver votre trace, et il ne m'a communiqué le résultat de son enquête que la semaine dernière. Quand j'ai appris que vous travailliez dans l'un des plus gros ranchs du Texas, j'ai préféré venir vous parler en personne que de dépêcher l'un de mes clercs à Jacobsville.

— Merci de vous être déplacé, maître. Voulez-vous que je vous offre une tasse de café ?

— Avec plaisir.

Après avoir gravi les marches du perron et enfilé le vestibule, Tess accompagna Clint Matherson jusqu'à la porte du living-room, puis lui désigna un fauteuil et alla vider la verseuse du percolateur dans deux mazagrans en porcelaine.

— J'ignorais que ma mère vivait à Singapour, avoua-t-elle en rejoignant le notaire au fond du séjour. Elle et moi n'étions pas en très bons termes.

— Je le sais. Elle m'en avait touché un mot peu avant son décès.

— Que faisait-elle en Asie ?

— Elle était la veuve d'un riche importateur et passait le plus clair de son temps à dilapider les millions de dollars qu'il lui avait légués. Mais, lorsqu'elle a découvert qu'elle souffrait d'un cancer, elle s'est amendée et a cessé de jeter son argent par les fenêtres. Au lieu de continuer à s'offrir des bijoux hors de prix et à donner des réceptions grandioses, elle a investi tout ce qu'il lui restait à la Bourse et m'a dit qu'elle voulait vous inviter à Singapour. Elle m'a également confié qu'elle regrettait de ne pas s'être occupée de vous quand vous étiez enfant et de vous avoir laissée sans nouvelles ces six dernières années. Si la maladie ne l'avait pas terrassée, elle se serait probablement mise à votre recherche et aurait essayé de regagner votre affection.

Clint Matherson chaussa des lunettes cerclées d'or, puis extirpa de son attaché-case une liasse d'imprimés et les étala avec un soin méticuleux sur la table basse du living-room.

— Avant de venir à Jacobsville, j'ai demandé à un spécialiste du marché asiatique de calculer la valeur actuelle des actions que votre mère avait achetées, et il m'a promis de me passer un coup de fil dans deux ou trois semaines. Dès qu'il m'aura téléphoné, je vous appellerai, et vous saurez à combien s'élève votre legs. Ensuite, ce sera à vous de décider de ce que vous ferez de ces titres : vous pourrez soit les vendre immédiatement et dépenser l'argent à votre guise, soit les garder en portefeuille et attendre que les cours montent pour réaliser de belles plus-values. Je dois vous informer, par ailleurs, que les bijoux et les objets personnels de ma cliente ont été inventoriés et que vous les recevrez à la mi-septembre.

— N'y a-t-il pas quelqu'un d'autre que moi qui aimerait les conserver ?

— Si, mais, comme vous êtes l'unique descendante de la défunte, ils vous appartiennent.

Après avoir rajusté ses lunettes sur le bout de son nez, Clint Matherson saisit le mazagran que lui offrait Tess et le vida à lentes gorgées.

— Au cas où il vous viendrait à l'esprit de refuser une partie de votre legs, mademoiselle Brady, enchaîna-t-il d'un ton solennel, sachez que ce serait au tribunal des tutelles et des successions de statuer et qu'aucune provision ne pourrait vous être versée tant que les magistrats ne se seraient pas prononcés. Bien que votre mère et la fille que son second mari avait eue d'un premier lit aient été très proches l'une de l'autre, il serait inconcevable que cette jeune femme avec laquelle vous n'avez pas de liens de parenté hérite à votre place. D'autant plus inconcevable qu'elle a touché une grosse somme à la mort de son père et qu'elle n'est pas dans le besoin alors que vous, vous n'avez ni maison ni fortune personnelle. N'aimeriez-vous pas acheter une jolie villa à Houston ou ailleurs et être indépendante financièrement ?

— Si. Je me plais beaucoup au Circle H et j'adore le métier que j'exerce, mais je préférerais avoir un chez-moi et devenir horticultrice.

— Dans ce cas, acceptez votre legs et profitez-en pour réaliser vos rêves.

Clint Matherson sortit un stylo de la poche intérieure de son veston et le tendit à Tess.

— Signez ici, et tout sera vite réglé, lui conseilla-t-il, un doigt pointé sur l'un des imprimés qu'il avait étalés devant lui.

— De combien d'argent vais-je hériter, selon vous ? questionna-t-elle après avoir paraphé le document à grands traits de plume et saisi la carte de visite qu'il avait épinglée au double de l'acte.

— Je l'ignore, répliqua-t-il en rassemblant les feuillets et en les glissant au fond de son attaché-case. Les actions qui ont été achetées à la Bourse de Singapour valaient quatre-vingts dollars chacune il y a un an, mais je n'ai aucune idée de leur prix actuel. Si les cours n'ont pas trop baissé depuis l'été dernier, vous devriez toucher un million, au bas mot.

— Un million ! répéta Tess, abasourdie. Je serai riche, alors ?

— Très riche, confirma Clint Matherson avant de quitter son fauteuil et de regagner le vestibule d'un air compassé. Le jour où je l'ai aidée à rédiger son testament, votre mère m'a dit qu'elle regrettait de vous avoir abandonnée et qu'elle voulait vous mettre à l'abri du besoin pour vous montrer qu'elle vous aimait et qu'elle ne vous avait pas oubliée. J'espère que ce dernier geste de sa part vous consolera de votre chagrin et que vous saurez faire bon usage de l'argent qu'elle vous a légué.

— Au revoir, maître. Je vous suis reconnaissante de vous être déplacé.

— Ne me remerciez pas, mademoiselle Brady. Ce fut un plaisir de vous rencontrer.

Après avoir raccompagné Clint Matherson jusqu'au bas du perron, Tess retourna préparer le déjeuner dans la cuisine, puis dressa le couvert et attendit avec fébrilité l'arrivée de Léo et de Rey.

— J'ai reçu la visite d'un notaire ce matin, leur annonça-t-elle dès qu'ils se furent attablés. Il m'a informée que ma mère était décédée des suites d'un cancer et que j'allais hériter d'un million de dollars.

— De combien ? s'écria Léo.

— D'un million de dollars, répéta Tess, un petit sourire triste aux lèvres. Comme je n'aurai plus besoin de travailler une fois que j'aurai touché cet argent, j'ai décidé de vous donner ma démission. Quand Callaghan apprendra la nouvelle, il sera sans doute impatient de me voir quitter le ranch.

— Oh ! je n'en suis pas sûr.

— Moi, tout ce que je sais, jeta Rey après avoir bu une grande rasade d'eau fraîche, c'est que vous nous manquerez, Tess, et que nous aurons du mal à vous trouver une remplaçante. Les excellentes cuisinières sont rares à Jacobsville, et je n'en connais aucune qui confectionne d'aussi bons gâteaux que vous.

— Vous oubliez Dorie. Elle adore pétrir le pain, et ses cookies aux pépites de chocolat sont de vrais délices. En attendant que vous ayez déniché la gouvernante idéale, elle ne demandera pas mieux que de venir préparer vos repas.

— A condition que Corrigan l'y autorise.

— Pourquoi ne le ferait-il pas ? C'est votre frère, et il a bien dû se rendre compte que ni Léo ni vous n'étiez capables de vous servir d'un four ou d'une rôtissoire sans risquer l'incendie.

Lorsque Callaghan rentra au Circle H le week-end suivant et qu'il aperçut Tess au fond du hall, ses traits s'illuminèrent comme par enchantement et un sourire se mit à danser sur ses lèvres.

— Vous ai-je manqué ? lui lança-t-il, persuadé qu'elle mourait d'envie de se précipiter vers lui et de l'embrasser.

— Oui, mais je n'ai pas le temps de bavarder, car il faut que j'aille chercher une demi-douzaine d'œufs dans le poulailler et que je prépare une omelette, murmura-t-elle avant d'attraper un panier en osier et de quitter la cuisine avec une hâte suspecte.

— Ah, te voilà enfin, mon vieux ! s'exclama Léo après avoir jailli de la bibliothèque et donné une longue accolade à son frère. Tu as fait bon voyage ?

— Très bon, je te remercie.

Callaghan laissa tomber sa valise au pied de l'escalier et s'engouffra dans la cuisine, sa belle humeur envolée.

— Pour quelle raison Tess s'est-elle enfuie dès mon arrivée ? demanda-t-il à Léo.

— Parce qu'elle est perturbée depuis qu'un notaire lui a rendu visite. Quand on a tiré le diable par la queue toute sa vie et qu'on se retrouve du jour au lendemain à la tête d'un million de dollars, il est normal qu'on se sente déboussolé et qu'on ait de drôles de réactions.

— A la tête d'un million de dollars ! Tu plaisantes ?

— Absolument pas ! La mère de Tess, qui avait épousé en secondes noces un riche importateur, est décédée à Singapour et a légué une petite fortune à sa fille unique. Après avoir appris la nouvelle, Tess nous a dit, à Rey et à moi, qu'elle voulait démissionner, mais qu'elle resterait au Circle H jusqu'à ce que nous ayons engagé une autre gouvernante.

Le cœur inerte, Callaghan remplit une timbale d'eau glacée et la vida à longs traits pour tenter de chasser le flot d'amertume qui lui serrait la gorge.

— As-tu acheté le taureau de Billy Telford ? interrogea-t-il dès que son cerveau engourdi se fut remis à fonctionner.

— Oui, acquiesça Léo. Je suis allé le chercher hier matin et je lui ai réservé un grand box.

Comme cela, il ne sera pas à l'étroit les jours où le thermomètre descendra au-dessous de zéro degré et où nous serons obligés de le ramener à l'étable.

Au lieu de taquiner son frère et de lui demander par quel miracle — ou par quel subterfuge — il avait réussi à évincer les Tremayne, Callaghan regagna le vestibule en silence et s'enferma à double tour dans la bibliothèque.

— Inutile d'attendre Cag ! déclara Rey à l'heure du dîner. Il a quitté le ranch il y a une vingtaine de minutes et m'a dit qu'il avait des courses à faire, mais il a oublié que les magasins étaient tous fermés.

Léo glissa un œil vers Tess, qui était en train de s'activer à l'autre bout de la cuisine, et poussa un soupir à réveiller les morts.

— Ce n'est pas la direction du centre-ville qu'il a prise, c'est celle du Shea's, précisa-t-il à son frère. Quand il est parti, j'étais en haut du chemin qui longe Victoria Road et je l'ai vu s'engager sur la nationale à tombeau ouvert.

— S'il a décidé de noyer ses problèmes dans l'alcool, il n'est pas près de rentrer.

— Tu crois que nous devrions aller le chercher et le ramener de force au Circle H ?

— Non. Il nous en voudrait tellement de l'avoir suivi qu'il serait capable de nous taper dessus et de nous abîmer le portrait.

— Tu as raison. Mieux vaut le laisser s'abrutir de whisky que d'exciter sa colère.

Sourde aux propos embarrassés qu'échangeaient à mi-voix Léo et Rey, Tess fit le service dans un silence inhabituel, puis goûta sans grand appétit à l'omelette au poulet et aux petits oignons qu'elle avait préparée et monta se coucher dès la fin du dîner.

Quand Callaghan sortit du Shea's peu avant minuit et qu'il vit tanguer les réverbères du parking, il jugea plus prudent d'appeler un taxi que de se remettre au volant de son 4x4.

Une fois arrivé au Circle H, il réussit tant bien que mal à gravir l'escalier qui menait aux combles, à se débarrasser de ses vêtements et à prendre une douche dans la salle d'eau contiguë à la buanderie.

— Si Tess croit que je vais accepter sa démission, marmonna-t-il après avoir quitté le cabinet de toilette, elle se trompe lourdement.

Un drap de bain enroulé autour de la taille, le cerveau embrumé par le demi-litre de scotch qu'il avait ingurgité, il traversa la mezzanine d'une démarche incertaine, puis pénétra dans la chambre de Tess et s'approcha du lit avec des gestes saccadés.

— Dieu, qu'elle est belle ! s'extasia-t-il lorsqu'un rayon de lune impertinent vint moirer de rubans nacrés les épaules dénudées de la jeune femme et s'insinuer dans le doux vallonnement de ses seins.

L'esprit trop confus pour résister au dangereux vent de folie qui, ce soir plus que jamais, menaçait de l'emporter, il s'allongea à côté de Tess.

— C'est… c'est vous, Callaghan ? bredouilla-t-elle en soulevant la frange soyeuse de ses cils et en émergeant du sommeil agité où elle avait sombré à la fin du dîner.

— Oui, mon cœur, chuchota-t-il, c'est bien moi.

« S'il oublie ses sacro-saintes résolutions et veut que je passe la nuit entière dans ses bras, je n'aurai pas la force de le repousser », s'avoua-t-elle, à mi-chemin entre le rêve et la réalité.

Mais, au lieu de lui donner le baiser torride dont elle se grisait déjà en pensée et de tisser un voile de caresses sur sa peau enfiévrée, il exhala un profond soupir et s'endormit.

Que faire ? s'interrogea-t-elle, dépitée. Le secouer comme un prunier et lui demander de déguerpir ?

Le laisser se reposer et patienter jusqu'à l'aube pour l'éjecter ? Appeler ses frères à l'aide, quitte à essuyer leurs plaisanteries de corps de garde, et les prier de le ramener au rez-de-chaussée ? Ou se blottir contre lui et goûter au moins une fois, une seule et unique fois, à l'indicible bonheur d'être deux ?

Sachant que Léo et Rey trouveraient bientôt une autre gouvernante et qu'elle n'aurait plus jamais l'occasion de se serrer dans les bras de l'homme qu'elle aimait, elle se pelotonna sous son drap de linon blanc, puis cala sa nuque sur le traversin et se réinstalla douillettement au creux de ses rêves.

Lorsque Callaghan ouvrit les yeux le lendemain matin, il eut l'impression que tous les tambours de la fanfare de Jacobsville s'étaient donné rendez-vous dans sa tête.

— Voilà ce que c'est que de boire trop de whisky ! maugréa-t-il juste avant que la porte de la chambre ne s'ouvre à la volée et que ses frères n'apparaissent dans l'encadrement.

— Tu n'as pas honte d'avoir déshonoré cette pauvre Tess ? grommela Léo.

— Aurais-tu oublié tes beaux principes, Cag ? lança Rey, l'air scandalisé.

— Si tu ne veux pas être mis au ban de la société, il va falloir que tu répares tes torts, reprit Léo du ton d'un magistrat condamnant un criminel à trente ans de réclusion. Puisque tu as osé profiter de l'innocence de Tess, il ne te reste plus qu'à la demander en mariage.

Tirée du sommeil par les cris d'indignation que poussaient Léo et Rey, la jeune femme se dressa dans un sursaut et jeta autour d'elle un regard effaré.

— Sortez tous de ma chambre ! hurla-t-elle après avoir recouvré ses esprits et plaqué contre sa poitrine le drap froissé qui était tombé du lit pendant la nuit.

10.

Dès que Callaghan, Léo et Rey eurent quitté sa chambre, Tess s'habilla et descendit préparer le petit déjeuner. Puis, incapable de soutenir leur regard, elle alla épousseter les meubles du living-room pendant qu'ils buvaient leur café.

— Vous n'avez aucune raison d'être gênée, lui dit Léo en la rejoignant au fond du séjour une demi-heure plus tard. Cag s'est mal conduit envers vous et il va vite réparer sa faute, je vous le promets. Ce qu'il a fait est très grave, et il le sait.

— Non, justement ! Il se croit coupable alors qu'il n'a rien à se reprocher.

— Comment cela, *rien* ? Vous n'avez pas passé la nuit dans les bras l'un de l'autre ?

— Si, mais nous n'avons pas couché ensemble. Votre frère était tellement ivre quand il est rentré du Shea's hier soir qu'il s'est trompé de lit.

— Pourquoi ne lui avez-vous pas demandé de regagner sa chambre ?

— Parce qu'il s'est endormi avant que je n'aie eu le temps de lui parler.

Léo réfléchit quelques secondes, le front plissé, puis s'octroya un sourire.

— Cag pense avoir abusé de vous, et nous ne lui dirons pas qu'il a tort de culpabiliser, lança-t-il à Tess. Vous êtes la seule personne au monde à pouvoir l'empêcher de se saborder, et il faut absolument que vous le sauviez du naufrage. Après la rupture de ses fiançailles, il s'est enfermé dans son chagrin comme dans une prison et, si vous refusez de l'aider, il finira par gâcher sa vie.

— Que voulez-vous que je fasse ?

— Que vous acceptiez de l'épouser.

— En prétendant qu'il m'a obligée à lui céder ?

— Oui.

— Pas question ! Si je suivais votre conseil et que je l'acculais au mariage, j'aurais l'impression de le trahir et de…

— Ce n'est pas vous qui l'acculerez au mariage, c'est moi, l'interrompit Léo. Puisque vous avez des scrupules, je vais prendre les choses en main, et vous n'aurez qu'à m'obéir.

— Quand Callaghan s'apercevra que je l'ai

mené en bateau, il me traitera de menteuse et me détestera.

— Allons donc ! Il vous aime beaucoup trop pour vous reprocher quoi que ce soit.

— Vous croyez vraiment qu'il est amoureux de…

— Bien sûr ! Vous êtes la seule à ne pas vous en être rendu compte. Tout le monde au Circle H sait qu'il tient à vous comme à la prunelle de ses yeux et qu'il ne supporterait pas de vous perdre. Il a tellement peur de vous voir tomber dans les bras d'un autre homme qu'il n'hésiterait pas à vous séquestrer et à vous ligoter aux barreaux de l'escalier s'il le fallait.

— Jamais il ne m'a avoué ce qu'il éprouvait.

— Ce n'est pas parce qu'il vous a caché la vérité que vous devez avoir le moindre doute à ce sujet. Je connais Cag mieux que personne et je vous garantis qu'il sera très heureux de vous passer la bague au doigt.

— Quand souhaitez-vous que la cérémonie ait lieu ?

— La semaine prochaine. Dès que Rey aura fini de déjeuner, je lui demanderai d'aller chercher une dispense de publication des bans à la mairie. Ensuite, je vous accompagnerai chez le médecin pour qu'il vous délivre un certificat prénuptial et, une fois que vous aurez rempli toutes les formalités d'usage, je m'occuperai du reste.

Au cours des soixante-douze heures qui suivirent, Tess essaya d'avoir une conversation en tête à tête avec Callaghan, mais, chaque fois qu'elle voulut lui parler, Léo et Rey trouvèrent un moyen de l'en empêcher.

— Lorsque Cag vous apercevra, lui dirent-ils le jour du mariage, il sera tellement ébloui qu'il regrettera de ne pas vous avoir épousée plus tôt.

Vêtue d'une longue robe en dentelle rebrodée de perles nacrées, un bouquet de roses et d'orchidées entre ses mains gantées de blanc, elle traversa le bureau du juge de paix d'un pas hésitant et, à la vue du sourire figé qu'arborait Callaghan, faillit s'enfuir du tribunal.

De l'air d'un condamné montant à l'échafaud, il lui promit de l'aimer et de la chérir dans la santé et dans la maladie, dans la richesse et dans la pauvreté, jusqu'à ce que la mort les sépare. Puis, sous l'œil ému de ses frères et de ses belles-sœurs, il brandit la magnifique alliance incrustée de diamants qu'il avait achetée la veille chez l'un des meilleurs joailliers de Victoria et la glissa à l'annulaire gauche de la jeune femme.

— Nous vous souhaitons tout le bonheur du monde, leur dirent Simon, Tira, Corrigan et Dorie à la fin de la cérémonie.

— Pour ne pas vous déranger pendant votre lune de miel, annonça Léo, j'ai décidé d'aller passer les trois prochains jours à Los Angeles avec Rey et de vous laisser seuls à la maison.

— Quelle touchante attention ! ironisa Callaghan. Je ne te savais pas aussi délicat.

— Oh ! il y a encore plein de choses que tu ignores à mon sujet. Contrairement à ce que tu crois, je suis un type épatant, et tu devrais te réjouir d'avoir un frère comme moi. Un frère serviable et intelligent qui prévient le moindre de tes désirs et qui t'aide à réaliser tes…

— Amusez-vous bien, les amoureux ! coupa Rey en poussant Léo hors du tribunal de crainte qu'il ne se vante de ses talents de marieur.

Lorsque Simon, Tira, Corrigan et Dorie eurent quitté à leur tour le bureau du juge de paix, Callaghan entraîna Tess vers la Mercedes qu'il avait garée au pied de l'hôtel de ville et la reconduisit au Circle H dans un silence écrasant.

Honteuse d'avoir tenu à la perfection le rôle de jeune vierge outragée que lui avait assigné Léo, elle monta se réfugier sous les combles et décida de rétablir la vérité dès que possible.

— Il faut que je vous… que je *te* dise quelque chose, murmura-t-elle quand Callaghan la rejoignit dans sa chambre vingt minutes plus tard.

Mais, avant qu'elle n'ait pu lui avouer ce qui s'était réellement passé le soir où il était rentré du Shea's ivre mort, il lui scella les lèvres d'un baiser rapide, puis se débarrassa de son smoking et la fit basculer sur le lit.

— Nous aurons tout le temps de discuter un autre jour, marmonna-t-il en la dépouillant de ses dentelles avec habileté.

Trop impatient d'assouvir la faim qui le tenaillait pour l'initier en douceur aux plaisirs de la vie à deux et pour différer, ne serait-ce que d'une seconde, le moment où il la posséderait, il lui écarta les genoux et pénétra en elle d'un coup de reins énergique.

— Tu es vierge ? lâcha-t-il soudain, les yeux écarquillés de stupeur.

— Oui, reconnut-elle, morte de honte. C'est de cela que je voulais te parler. De cela et du rôle que je n'aurais pas dû accepter de tenir.

— Si je pouvais m'arrêter maintenant, je te jure que je le ferais, s'écria Callaghan, mais j'en suis incapable… Incapable, tu entends ?

Puis, fou de désir, il serra la jeune femme contre lui à la broyer et l'entraîna dans une sarabande effrénée jusqu'à ce que leurs gémissements se confondent en un seul et même aveu de plénitude.

Quand, plus tard, bien plus tard, il émergea du gouffre brûlant où il avait sombré, il se rappela les mots que Tess avait prononcés avant de se mettre à voguer vers de lointains paradis et eut l'impression qu'une flèche empoisonnée lui transperçait la poitrine.

Furieux de s'être laissé manipuler comme un pion sur un échiquier, il sauta à bas du lit et enfila le pantalon galonné de soie qu'il avait lancé au pied de la table de chevet.

— Quel est ce fameux rôle que tu n'aurais pas dû accepter de tenir, *mon cœur* ? questionna-t-il d'un ton grinçant.

— Ne… ne pourrions-nous pas parler d'autre chose ? balbutia Tess en se recroquevillant sous la courtepointe, le rouge au front.

— Non. J'ai hâte de savoir pourquoi tu étais encore vierge il y a une heure alors que j'étais censé t'avoir violée à la fin du week-end.

— Ne t'énerve pas, je t'en prie. Je… je vais tout t'expliquer.

— Tant mieux, car je n'aimerais pas mourir idiot.

— J'ai essayé d'avoir une conversation avec

toi ces derniers jours et de te dire la vérité, mais Léo et Rey m'en ont empêchée.

— Que viennent-ils faire là-dedans, ces deux enquiquineurs ?

— Ce sont eux qui ont eu l'idée d'organiser un mariage éclair et qui m'ont demandé de ne pas te raconter ce qui s'était passé à ton retour du Shea's. Comme ils ne voulaient pas que tu restes célibataire et que tu gâches ta vie, ils ont décidé de te forcer la main en te laissant croire que tu t'étais mal conduit.

— Et, au lieu de les envoyer sur les roses, tu es entrée dans leur jeu, trop contente de pouvoir me piéger ?

— Pas du tout ! Je... j'ai eu honte de suivre leurs conseils et de me prêter à cette mascarade.

Un sourire sardonique plissa les lèvres de Callaghan.

— Tu m'ôtes les mots de la bouche, *mon trésor*, jeta-t-il d'un ton cinglant. La petite pièce de théâtre que mes frères ont mise en scène n'a été qu'une vulgaire mascarade, tu as raison, et les serments que nous avons échangés devant le juge de paix n'ont pas plus de valeur qu'une alliance en toc !

Puis, sans accorder à Tess l'ombre d'un regard, il quitta la chambre à pas de géant.

— Où vas-tu ? l'interrogea-t-elle, au bord des larmes. Tu ne veux pas que je te prépare un sandwich ?

— Non, merci, répondit-il en dégringolant l'escalier. Ton attitude m'a tellement écœuré que je serais incapable d'avaler quoi que ce soit.

« Et voilà ! se lamenta-t-elle quand elle entendit vrombir le moteur de la Mercedes et crisser les gravillons de la cour. A cause des manigances de Léo et de ma stupidité, j'ai tout perdu. »

Après s'être levée de son lit avec des gestes de somnambule, elle enfila un peignoir et décida d'aller guetter le retour de Callaghan dans le living-room, mais à peine s'était-elle allongée sur le canapé qu'elle s'endormit, abrutie de fatigue et de chagrin.

Lorsqu'elle se réveilla le lendemain matin, la maison était silencieuse, et aucune odeur de café ou de pain brûlé ne s'échappait de la cuisine. Comme Jane Lewis avait pris une semaine de congé et que Léo avait emmené Rey en Californie, personne ne vint offrir à Tess le sourire qui lui aurait fait oublier ses bleus au cœur.

Persuadée que Callaghan ne lui pardonnerait pas de l'avoir trahi, elle regagna sa chambre d'une démarche pesante, puis boucla ses valises et appela un taxi.

Connaissant les talents de fin limier de Léo, elle demanda au chauffeur de l'emmener à l'aéroport de Houston afin de brouiller les pistes et, une fois arrivée sur le parking du terminal, elle se rendit à la gare routière en bus.

Avant de grimper dans l'un des autocars qui reliaient le Texas au Missouri, elle passa un coup de fil à Clint Matherson pour l'informer qu'elle avait quitté Jacobsville et qu'elle lui communiquerait sa nouvelle adresse dès qu'elle le pourrait.

« Si je ne trouve pas de travail à Saint Louis et que mes économies ne me permettent pas de vivre à l'hôtel, j'irai dormir à l'Armée du Salut, décida-t-elle en sortant de la cabine téléphonique. Et, quand j'aurai touché mon héritage, j'enverrai un gros chèque à toutes les associations caritatives qui s'occupent des sans-abri. »

Lorsqu'elle débarqua à Saint Louis, Tess contempla d'un œil émerveillé les péniches pavoisées de rouge, de jaune et de bleu qui descendaient le Mississippi et se félicita d'être venue se réfugier dans l'un des plus jolis ports fluviaux des Etats-Unis.

Après avoir payé d'avance une semaine de loyer au propriétaire d'un meublé, elle acheta une pile de journaux, puis éplucha les petites annonces avec anxiété et souligna d'un trait de plume l'entrefilet que le patron d'une auberge avait publié dans l'un des quotidiens.

Le lendemain matin, forte de son expérience au Circle H et des compliments dithyrambiques que lui avaient valus ses talents de cordon-bleu, elle alla poser sa candidature au poste de pâtissière qu'offrait le restaurateur et fut engagée sur-le-champ.

— Je me demande ce que fait Callaghan en ce moment, murmura-t-elle quand elle se retrouva seule dans son studio à la tombée de la nuit. Au lieu de m'enfuir comme une voleuse, j'aurais dû lui avouer que je l'aimais. S'il avait su que j'avais accepté de l'épouser pour le rendre heureux et non pour le piéger, il m'aurait peut-être pardonné de lui avoir caché la vérité.

Mais à quoi bon s'encombrer de regrets inutiles ? Puisqu'elle n'avait pas eu le courage de s'expliquer et qu'elle avait rendu les armes avant d'avoir combattu, elle n'avait plus qu'à subir les conséquences de sa lâcheté et à espérer qu'elles ne seraient pas trop graves.

Lorsque Callaghan rentra au Circle H à la fin de la semaine, ses frères l'attendaient de pied ferme en haut du perron.

— Où est Tess ? demandèrent-ils d'un ton accusateur.

— Ici, je suppose. Où voudriez-vous qu'elle soit un dimanche après-midi ?

— A toi de nous le dire ! Quand nous sommes arrivés à la maison il y a vingt minutes, nous ne l'avons trouvée nulle part.

En proie à une soudaine inquiétude, Callaghan se précipita vers la chambre de Tess et, à la vue des placards vides, sentit une sueur froide l'inonder.

— Elle a emporté tous ses vêtements, lança-t-il à Léo dès que ce dernier l'eut rejoint sous les combles. Et ses deux grosses valises ne sont plus là.

— T'a-t-elle laissé une lettre ?

— Non. Elle s'est contentée de faire ses bagages.

— Telle que je la connais, cela m'étonnerait qu'elle ait quitté le ranch sur un coup de tête. Que s'est-il passé entre vous pour qu'elle ait éprouvé le besoin de s'enfuir ?

Callaghan s'adossa à l'une des cloisons de la mansarde et fixa d'un œil noir la longue robe en dentelle immaculée qui gisait au pied du lit.

— Nous nous sommes disputés pendant notre nuit de noces, confessa-t-il laconiquement.

— A quel sujet ? insista Léo.

— Au sujet de cette petite mascarade que Rey et toi l'aviez aidée à mettre en scène.

— Nous ne l'avons pas aidée à te jouer la comédie, nous l'y avons *obligée*. Si nous ne l'avions pas empêchée de te dire la vérité, tu ne te serais jamais décidé à lui demander sa main et tu aurais été malheureux toute ta vie.

— Alors, plutôt que de me laisser sombrer dans la neurasthénie, vous avez préféré me raconter des bobards et me culpabiliser ?

— Oui. Puisque tu aimais Tess à la folie et que tu n'osais pas te déclarer, j'ai cru que tu nous serais reconnaissant de t'avoir donné le coup de pouce dont tu avais besoin.

— Le jour où je vous remercierai de m'avoir pris pour un idiot, il gèlera en enfer !

— Au lieu de m'imaginer que tu serais content d'avoir épousé une adorable jeune femme, j'aurais dû me douter que tu réagirais de cette façon, riposta Léo en hochant la tête d'un air accablé. Ton python et toi, vous êtes très bien assortis, tout compte fait : vous avez le sang aussi froid l'un que l'autre et un iceberg à la place du cœur.

11.

Trois semaines après son arrivée à Saint Louis, Tess téléphona à Clint Matherson pour savoir s'il avait eu des nouvelles de l'expert financier auquel il s'était adressé.

— Oh ! je suis désolé, mademoiselle Brady, s'exclama le notaire. Le spécialiste du marché asiatique dont je vous avais parlé lors de ma visite au Circle H m'a informé que votre portefeuille d'actions ne valait plus un seul cent. Au lieu d'investir dans des multinationales et de diversifier ses placements, votre mère avait acheté des parts d'une société singapourienne qui avait peu de fonds propres et qui a fait faillite au début de l'été. Comme le P.-D.G. de cette entreprise était l'un de ses meilleurs amis, elle a dû croire que l'opération ne présentait aucun risque, mais elle s'est trompée.

— Ce n'est pas grave, maître, lança Tess, fataliste. J'ai l'habitude de ne compter que sur moi-même et je me débrouillerai très bien sans le million de dollars qu'elle a voulu me léguer.

— Avez-vous réussi à trouver un nouvel emploi ?

— Oui. Je suis pâtissière dans une auberge, et mon patron est tellement content de mon travail qu'il va m'accorder une augmentation le mois prochain. Si vous avez l'occasion de parler aux frères Hart, ne leur dites pas que je vous ai téléphoné et que…

— Si j'ai l'occasion de *parler* aux frères Hart ! releva Clint Matherson d'une voix teintée d'ironie. Quand Callaghan Hart est venu me rendre visite il y a deux semaines et qu'il m'a demandé où vous vous cachiez, j'aurais aimé avoir une conversation courtoise avec lui et lui rappeler que j'étais tenu au secret professionnel, mais je n'ai pas pu placer un seul mot. Après m'avoir expliqué pendant vingt minutes qu'il avait le bras long et que je n'avais pas intérêt à lui refuser mon aide, il m'a communiqué le numéro de son portable et m'a ordonné de lui passer un coup de fil dès que je connaîtrais votre adresse.

— L'avez-vous informé que mon fabuleux héritage s'était évaporé ?

— Non, car il ne m'en a pas laissé le temps.

Tout ce qu'il souhaitait, c'était vous ramener au Circle H, et en vitesse !

— S'il vous téléphone un de ces jours, dites-lui que je suis en bonne santé et qu'il n'a donc aucune raison de s'inquiéter.

— Lorsque les objets personnels de votre mère arriveront de Singapour, il faudra que je vous les réexpédie dans les plus brefs délais. Où devrai-je les envoyer ?

— Je ne peux pas vous répondre pour le moment. Je… j'habite un meublé et je ne suis pas certaine que mon bailleur accepte de les réceptionner pendant mes heures de travail. Quand j'aurai trouvé quelqu'un qui veuille bien nous servir d'intermédiaire, je vous le ferai savoir.

De crainte que Clint Matherson ne lui pose d'autres questions, Tess prit rapidement congé de lui sans se douter qu'il avait vu s'afficher sur l'écran de son combiné le numéro de la cabine d'où elle l'avait appelé… et qu'il s'était empressé de le noter.

— Tous des incapables, ces détectives privés ! fulmina Callaghan en s'asseyant à son bureau et en feuilletant d'une main irritée les comptes rendus que des directeurs d'agences lui avaient adressés.

A en croire l'un des enquêteurs qu'il avait engagés trois semaines auparavant, Tess avait demandé à un chauffeur de taxi de Jacobsville de la conduire à l'aéroport de Houston, mais aucun des employés du terminal ne se souvenait de lui avoir vendu un billet ni d'avoir enregistré ses bagages. Si elle était réellement montée à bord de l'un des nombreux avions qui avaient quitté le Texas le 29 juillet, il fallait donc qu'elle ait payé sa place en liquide et qu'elle ait voyagé sous un nom d'emprunt.

— Pourvu qu'elle n'ait pas été tuée ou kidnappée par un détraqué ! murmura Callaghan juste avant que la sonnerie de son mobile ne lui vrille les tympans. Allô ! grommela-t-il en coinçant le récepteur entre sa joue et son épaule. Callaghan Hart à l'appareil. Que désirez-vous ?

— Bonjour, monsieur Hart, lança une voix mielleuse au bout de la ligne. Ici, Clint Matherson. Si je me permets de vous déranger à une heure aussi matinale, c'est parce que j'ai une très bonne nouvelle à vous annoncer. Mlle Brady m'a téléphoné il y a moins d'un quart d'heure et, bien que je sois tenu au secret professionnel, j'ai estimé qu'il était de mon devoir de vous en informer.

— D'où vous a-t-elle appelé ?

— Du Missouri. Quand je l'ai priée de me donner son adresse, elle a éludé ma question, mais, d'après le service des renseignements, la cabine d'où elle a passé son coup de fil est située au centre de Saint Louis.

— Savez-vous ce qu'elle fait là-bas ?

— Oui. Elle m'a dit qu'elle était pâtissière dans une auberge et que son patron envisageait de l'augmenter, tellement il était content de son travail. Comme il n'y a pas dix mille restaurants à Saint Louis, vous n'aurez aucun mal à la retrouver.

— Merci de m'avoir prévenu, maître, jeta Callaghan en bondissant de son fauteuil, un sourire triomphant aux lèvres. Je vous revaudrai cela.

Dès que le notaire eut raccroché, il composa le numéro personnel de l'un des détectives qu'il avait engagés et le lança sur la piste de Tess.

— Enfin du concret ! s'écria-t-il quelques heures plus tard, quand l'enquêteur l'informa que la jeune femme était employée aux Trois Chênes et qu'elle habitait un meublé dans Market Street.

Trop impatient de la revoir pour aller à Houston en 4x4 et pour monter à bord d'un avion de ligne, il se rendit à l'aérodrome de Jacobsville et loua un jet privé, qui le conduisit directement à Saint Louis.

Une fois arrivé à l'auberge, il s'assit à une table ronde, au milieu de la salle à manger, puis exigea qu'on lui apporte une brioche, deux chaussons aux pommes et une demi-douzaine de pains au lait.

— Avec une tasse de chocolat et du beurre de cacahuète, précisa-t-il au maître d'hôtel en livrée rouge qui l'avait accueilli avec déférence et qui prit sa commande sans sourciller.

A condition d'avoir de l'argent et d'être prêt à payer un supplément, on pouvait entrer dans un restaurant à l'heure du dîner et y réclamer toutes les viennoiseries qu'on savourait d'habitude au petit déjeuner.

— A quoi ressemble ce drôle de client ? questionna Tess lorsqu'un serveur vint lui transmettre l'étrange requête de Callaghan.

— A un riche Texan, inflexible et tatillon, répondit son collègue. Il a l'air de savoir ce qu'il veut et ne doit pas aimer qu'on lui désobéisse.

— De quelle couleur sont ses cheveux ?

— Bruns.

— Et ses yeux ?

— Noirs.

— Comment est-il habillé ?

— Il porte un costume en lin gris clair et

tient à la main un Stetson anthracite orné d'une étoile argentée.

— Si ce casse-pieds est content de m'avoir retrouvée et croit que je vais faire ses quatre volontés, jeta Tess, folle de rage, il n'est pas au bout de ses surprises.

— Auriez-vous oublié que les clients avaient toujours raison, mademoiselle Brady ? s'indigna son patron. Puisque cet homme réclame des viennoiseries, vous allez lui en préparer autant qu'il le désire.

— Certainement pas ! s'écria la jeune femme en retirant sa toque et en la lançant au fond de la cuisine. J'ai été ravie de travailler pour vous, monsieur Blakewell, mais je préfère vous rendre mon tablier que de me plier aux caprices d'un tyran.

Puis, sous l'œil étonné de ses collègues, elle sortit en trombe du restaurant et se précipita vers l'arrêt de bus le plus proche.

Lorsque le maître d'hôtel annonça à Callaghan qu'on ne pourrait pas lui servir la brioche, les chaussons aux pommes et les pains au lait qu'il avait commandés parce que la pâtissière de l'auberge avait refusé de les confectionner à une heure aussi tardive, il coiffa son Stetson et se leva de sa chaise avec un calme olympien.

— Dans ce cas, je vais aller la rejoindre et essayer de l'amadouer, décréta-t-il avant de regagner la voiture de location qu'il avait garée au bout de la rue et de faire rugir le moteur.

Quand il arriva à l'entrée de Market Street, Tess venait de s'engouffrer dans le hall de l'immeuble où elle habitait et s'apprêtait à ouvrir la porte de son studio.

— Ton nouveau travail ne te réussit pas, lui dit Callaghan à la vue de ses joues creuses et de son teint blafard. Tu as l'air éreintée.

— A partir de demain, j'aurai tout le temps de me reposer, car j'ai dû démissionner à cause de toi, répliqua-t-elle en le fusillant du regard. Comment t'y es-tu pris pour me retrouver ?

— Quelqu'un a eu la gentillesse de me passer un coup de fil qui m'a mis sur la bonne piste.

— Ce mystérieux correspondant ne s'appellerait-il pas Clint Matherson, par hasard ?

— Si. Grâce à sa carte de visite, que tu avais oubliée au Circle H, j'ai pu aller le voir et lui demander de m'avertir dès qu'il aurait de tes nouvelles.

— Tu ne le lui as pas demandé, tu le lui as *ordonné*. Il paraît même que tu t'es vanté d'avoir le bras long et que tu as employé la menace.

— Il est vrai que je n'ai pas été très diplomate, mais qui veut la fin veut les moyens.

— Le jour de notre mariage, tu m'as dit que la cérémonie n'avait été qu'une vulgaire mascarade et que mon attitude t'avait écœuré. Alors, pourquoi es-tu venu à Saint Louis ce soir ?

— Pour m'excuser de ma stupidité et pour te supplier de rentrer au Circle H avec moi. Ces trois dernières semaines, j'ai vécu un cauchemar et je n'ai pas envie que cela continue.

Callaghan s'adossa à la porte du studio et esquissa un sourire.

— Depuis que Mme Lewis t'a remplacée, elle n'arrête pas de ronchonner et, comme elle refuse de confectionner des chaussons aux pommes et des pains au lait, je ne vais pas tarder à mourir de faim, enchaîna-t-il, des trémolos dans la voix. Quant aux superbes rosiers dont tu avais l'habitude de t'occuper, ils sont en train de dépérir les uns après les autres.

— Il fait tellement chaud en ce moment qu'il aurait fallu les arroser, maugréa Tess. Certains sont très fragiles et valent une fortune.

— Raison de plus pour que tu reviennes au Texas. Léo, Rey et moi ne connaissons pas grand-chose à l'horticulture et, si tu nous laisses tomber, notre jardin ressemblera bientôt à un désert.

— Inutile de chercher à m'apitoyer ! Je me plais beaucoup à Saint Louis et j'ai la ferme intention d'y rester.

— Est-ce à cause de ton héritage que tu as décidé de t'installer dans le Missouri ?

— Non. Me Matherson m'a informée ce matin que la société dont je possédais des parts avait déposé son bilan et que je ne toucherais pas un seul dollar.

— Tu as dû être déçue ?

— Même pas ! Lorsqu'il m'avait dit en juillet que ma mère m'avait légué tout son argent, j'avais eu du mal à croire qu'elle ait pu changer au point de vouloir me mettre à l'abri du besoin. Autrefois, elle se fichait complètement de ce que j'éprouvais, et il est peu probable qu'elle ait été rongée de remords à la fin de sa vie.

— Moi, je ne pense pas qu'elle soit partie l'âme en paix. Je suis persuadé, au contraire, qu'elle a regretté jusqu'à son dernier souffle de t'avoir négligée et qu'elle t'aimait à sa manière.

— Qu'elle m'ait aimée ou pas, je ne le saurai jamais puisqu'elle est décédée avant que nous n'ayons eu le temps de nous réconcilier.

— Pour nous deux, en revanche, rien n'est perdu. Je suis désolé de m'être conduit comme un idiot et de t'avoir blessée. Quand je suis revenu au Circle H après trois jours d'enfer et que j'ai trouvé la maison vide, j'ai cru que le monde s'écroulait.

— J'ai ressenti la même chose le lendemain de notre mariage, lorsque je me suis aperçue que tu n'étais pas encore rentré.

— Si j'ai préféré aller dormir à l'hôtel cette nuit-là, c'est parce que je mourais d'envie de te refaire l'amour et que je n'étais pas certain de pouvoir me maîtriser.

Callaghan attira Tess tout contre lui et referma ses bras sur elle.

— Au lieu de te quitter, j'aurais dû rester à côté de toi et te couvrir de baisers jusqu'à ce que tu n'aies plus la force de t'échapper, lui glissa-t-il à l'oreille avant de pencher la tête et de capturer avec une impatience d'affamé les lèvres qu'elle lui offrait.

— Viens, lui dit-elle quand elle entendit des pas résonner à l'autre bout du hall. Nous serons mieux dans mon appartement qu'ici.

D'une main fébrile, elle ouvrit la porte de son studio, puis entraîna Callaghan vers sa chambre et l'aida à se débarrasser de son costume en lin.

— Si tu savais comme tu m'as manqué ! s'exclama-t-il après l'avoir déshabillée et rejointe entre les draps. J'ai eu peur de t'avoir perdue pour de bon et j'ai cru mourir de désespoir.

— Moi, je me suis sentie terriblement seule loin du Circle H.

— Cela n'arrivera plus, je te le promets. A partir d'aujourd'hui, je ne laisserai rien ni personne nous séparer.

— Pas même tes frères et leurs idées de génie ?

— Surtout pas eux ! Ils m'ont expliqué qu'ils t'avaient obligée à me cacher la vérité et que tu avais eu mauvaise conscience.

— Où sont-ils en ce moment ?

— A Denver. Je leur ai mené la vie tellement dure ces trois dernières semaines qu'ils ont préféré s'exiler en attendant que je me calme et que je leur pardonne de t'avoir forcée à m'épouser.

— Oh ! je n'ai pas eu l'impression de me sacrifier, loin s'en faut. Je t'aimais depuis le jour de notre première rencontre, et la seule chose qui avait de l'importance à mes yeux, c'était ton bonheur.

— Moi aussi, je t'aimais à la folie, mais je n'osais pas te l'avouer parce que je me croyais trop vieux et trop blasé pour te plaire.

— Trop vieux ! releva Tess avec un hochement de tête agacé. La prochaine fois que tu me parleras de notre différence d'âge, je te quitterai et j'irai me réfugier au pôle Nord.

— Ah, non ! s'écria Callaghan. Reste au chaud dans mes bras et oublie la brutalité dont j'ai fait preuve pendant notre nuit de noces. Bien que je me sois conduit comme un soudard ce soir-là, je peux être patient, délicat, sensuel et te combler de douceur.

— « Patient » et « délicat » ne sont pas les adjectifs qui te qualifient le mieux.

— Détrompe-toi, mon amour. J'ai un certain nombre de qualités que tu n'as pas encore eu l'occasion d'apprécier. Quand je t'aurai montré tout ce dont je suis capable, tu seras tellement subjuguée, tellement émerveillée que tu en redemanderas.

— Prétentieux !

Eperonné par la petite lueur de défi qu'il voyait briller dans le regard de Tess et par la moue incrédule qui gonflait ses lèvres, Callaghan joua sur la pointe durcie de ses seins le plus troublant des arpèges, puis promena une main habile dans l'écrin soyeux de sa féminité et, d'une lente, très lente caresse, attisa jusqu'à la rendre douloureuse la fièvre qui la consumait.

— Viens, lâcha-t-elle, à bout de souffle. Viens vite, je t'en prie.

Mais, au lieu de lui obéir et de pénétrer en elle avec le même sentiment d'urgence que le soir de leur mariage, il mit un frein à son propre désir et continua à lui infliger mille et un supplices.

— Je t'aime, lui dit-il lorsqu'elle se cambra, ivre de volupté, et qu'elle l'implora une nouvelle fois d'abréger ses tourments. Je t'aime comme un fou et je t'aimerai toujours.

— Si c'est vrai, montre-le-moi, répliqua-t-elle en enroulant ses jambes autour des hanches de Callaghan pour qu'il cesse enfin de la torturer.

Quand il prit possession d'elle et qu'il accéléra son rythme jusqu'à ce que leurs deux corps soudés s'épousent à la perfection, elle vit les myriades d'étoiles qui scintillaient entre les lames de ses persiennes se fondre en un gigantesque feu d'artifice et céder brusquement la place à un soleil en plein zénith.

— Le soir où tu t'es vanté d'être un amant exceptionnel, je t'ai répondu que cela restait à prouver, mais j'ai eu tort de ne pas te croire, murmura-t-elle après avoir recouvré son souffle et un semblant de lucidité. Aucun autre homme ne peut t'égaler.

— Comment le sais-tu ? Je suis le premier à t'avoir fait l'amour.

— Le premier et le seul. Ce que nous venons

de vivre a été tellement fabuleux que je n'ai pas eu besoin d'éléments de comparaison pour m'apercevoir que tu avais d'indéniables talents.

— Toi aussi, tu es très douée malgré ton manque d'expérience. Lorsque je t'ai vue onduler dans mes bras, j'ai eu l'impression de mourir et de renaître.

— Quand allons-nous rentrer à la maison ? demanda Tess en s'étirant langoureusement.

— Pas tout de suite, mon ange, riposta Callaghan. J'ai encore deux ou trois petites choses à t'apprendre.

Puis, cœur contre cœur, bouche contre bouche, ils replongèrent dans le flot du plaisir et réinventèrent à l'infini les gestes du bonheur.

— Où est Herman ? questionna Tess dès son retour au Circle H le surlendemain.

— Chez l'un de mes amis qui possède un python femelle et qui a accepté de l'héberger, répondit Callaghan. Je me suis douté que tu ne voudrais pas dormir dans la même pièce que lui et j'ai préféré m'en séparer que de t'imposer sa présence.

— Il ne va pas trop te manquer ?

— Non. Je suis content de lui avoir trouvé

une famille d'accueil et de savoir qu'il n'est plus célibataire, lui non plus.

— Comment pourrais-je te remercier de ta gentillesse ?

— En me préparant toute une fournée de brioches, de chaussons aux pommes, de croissants aux amandes et de pains au lait.

Tess renversa la tête et éclata d'un rire en cascade.

— J'aurais dû deviner que c'était par gourmandise que tu étais venu me chercher à Saint Louis, lança-t-elle. Tu n'es qu'un infâme profiteur !

— Et toi, mon amour, tu es la plus redoutable des ensorceleuses, chuchota Callaghan en l'enfermant dans le cercle magique de ses bras.

Lorsque Léo et Rey rentrèrent de Denver le soir même, ils se jetèrent sur les viennoiseries que Tess avait confectionnées et les dévorèrent à belles dents.

— Que ferez-vous une fois que j'aurai construit une grande maison à l'autre bout du domaine et que j'y aurai emménagé avec Tess ? leur demanda Callaghan. Vous chercherez deux bonnes cuisinières et vous leur passerez la bague au doigt pour être sûrs d'avoir une table bien garnie à longueur d'année ?

— Jamais de la vie ! s'écria Rey. J'aimerais encore mieux manger du pain sec à chaque repas que de me mettre la corde au cou.

— Moi aussi, déclara Léo. De toute façon, je ne risque pas d'épouser un cordon-bleu, car aucune des jolies filles que je connais n'est une virtuose du fourneau.

— Dans ce cas, il va falloir que vous engagiez une nouvelle gouvernante, qui s'occupera de vous et qui veillera à ce que…

— Nous n'avons pas besoin d'être maternés, l'interrompirent d'une même voix Léo et Rey. Puisque tu as décidé de nous quitter, espèce de lâcheur, nous nous débrouillerons sans l'aide de qui que ce soit.

— Un jour ou l'autre, ces deux obstinés rencontreront la femme de leurs rêves et oublieront leurs bonnes vieilles habitudes de célibataires, lança Callaghan à Tess en sortant de la cuisine à la fin du dîner.

— Pour qu'ils réussissent à trouver l'âme sœur, il faudra qu'ils aient autant de persévérance que moi. Et ce ne sera pas facile.

— M'en veux-tu encore de tout le mal que je t'ai donné l'hiver dernier ?

— Non, car tu t'es rattrapé depuis.

— Si le million de dollars dont tu as failli hériter ne s'était pas évanoui en fumée et que tu avais dû choisir entre cet argent et une folle nuit d'amour, qu'aurais-tu fait ?

— J'aurais demandé à Clint Matherson de déchirer l'acte que j'avais signé et je me serais jetée dans tes bras sans l'ombre d'une hésitation, répondit Tess avant de se serrer contre Callaghan et d'offrir ses lèvres au plus doux des baisers.

HARLEQUIN

PROCHAIN RENDEZ-VOUS LE

15 juillet 2009

collection *Horizon*

UNE PRINCESSE AMOUREUSE, de Cara Colter • n°2225

Durant la cérémonie qui doit l'unir à un homme choisi par son père mais qu'elle n'aime pas, Shoshana, princesse de Ranasha, s'enfuit. Elle elle croise alors la route de Jake Ronan, un agent de sécurité qui, la croyant menacée, la conduit dans un endroit secret, où ils vont devoir passer plusieurs jours en tête à tête...

PLAY–BOY OU PAPA ?, de Susan Meier • n°2226

Afin de renflouer au plus vite les caisses de sa société, Audra accepte un poste de nounou à plein temps chez Dominic Manelli, un riche héritier devenu tuteur de son neveu orphelin. Hélas, elle ne tarde pas à déchanter car son employeur semble davantage prêt à la séduire qu'à assumer pleinement son rôle de "père"....

AMOUREUX SOUS CONTRAT, de Jessica Hart • n°2227

Epouser le richissime Torr McIver a été, pour Mallory, le meilleur moyen d'éviter la ruine après l'abandon de son compagnon. A condition toutefois que cette union de pure convenance reste chaste, une disposition sur laquelle son époux, après quelque temps, semble vouloir revenir...

PASSION TEXANE, de Diana Palmer • n°2228

Amoureuse de Kingman Marshall, un rancher de dix ans son aîné, Tiffany rêve depuis son adolescence de devenir sa femme. Mais celui-ci, hélas, n'a pas l'intention de s'engager, même s'il ne cache pas le désir qu'elle lui inspire. Comment sortir de cette impasse ?

Attention, numérotation des livres pour le Canada différente : n° 943 au 946.

www.harlequin.fr

Composé et édité par les
éditions Harlequin
Achevé d'imprimer en mai 2009

CPI
Bussière

à Saint-Amand-Montrond (Cher)
Dépôt légal : juin 2009
N° d'imprimeur : 90724 — N° d'éditeur : 14321

Imprimé en France